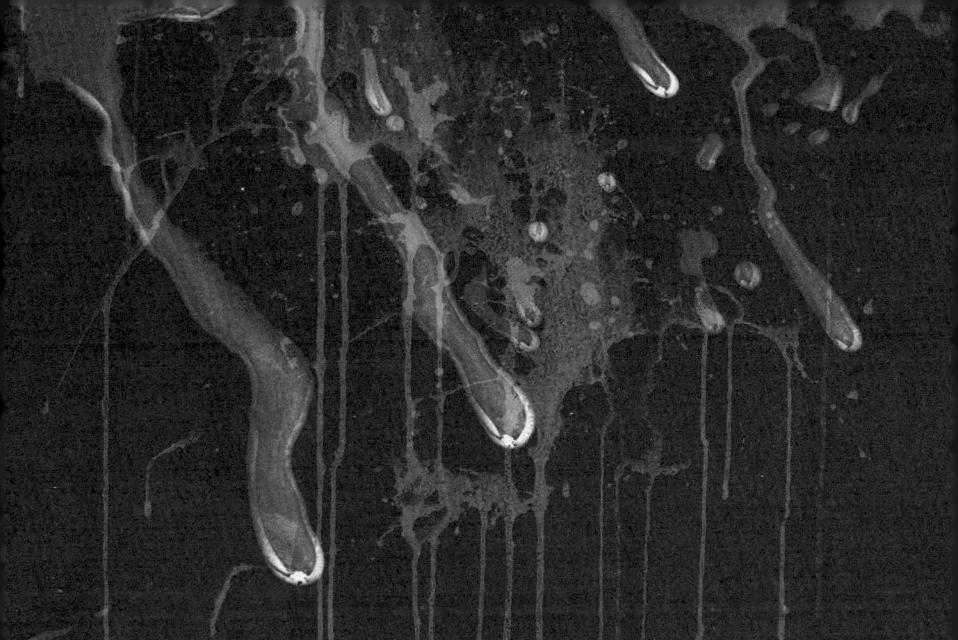

"Eu gostaria de ter nascido homem,
teria matado milhares em batalhas,
conquistado países, queimado bruxas.
Eu teria sido um herói."

Erzebet Báthory, filme The Countess,
2009, dirigido por Julie Delpy

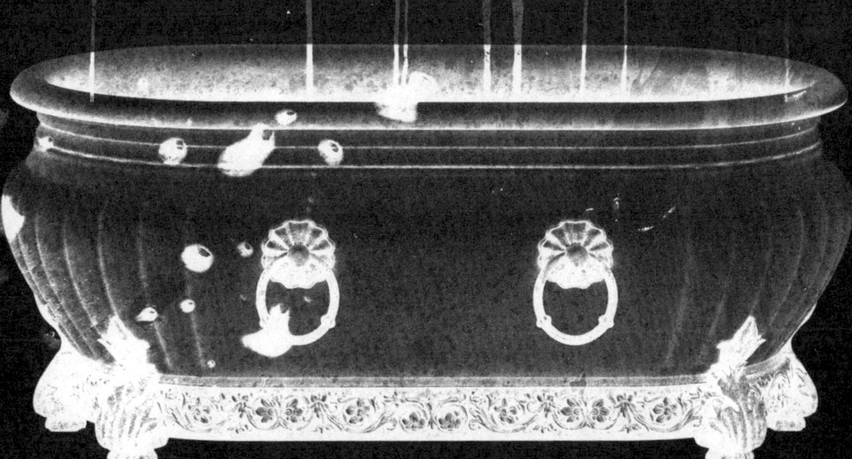

Editora Pandorga
1ª Edição | Julho 2022

Diretora Editorial
Silvia Vasconcelos

Coordenador Editorial
Michael Sanches

Projeto Gráfico e Diagramação
Rafaela Villela e Livros Design

Arte de Capa
Ana Milani

Adaptação de Capa
Rafaela Villela

Pesquisa e Organização
Mário Coutinho

Revisão
Michael Sanches

PandorgA

Dados Internacionais de Catalogação na Publicação (CIP) de acordo com ISBD

C871n Coutinho, Mário

Nobreza de Sangue: Vlad & Báthory / Mário Coutinho. - Cotia : Pandorga, 2022.
128 p.; 14cm x 21cm.

Inclui índice
ISBN: 978-65-5579-181-5

1. Biografia. 2. Báthory. 3. Vlad. 4. Vampiros I. Título.

2022-2031 CDD 920
CDU 929

Elaborado por Odilio Hilario Moreira Junior - CRB-8/9949

Índice para catálogo sistemático:
1. Biografia 920
2. Biografia 929

NOBREZA DE
Sangue
VLAD & BÁTHORY

Sumário

Revivendo Vlad e Bathory

Condessa Elizabeth Báthory

Vlad, O Empalador

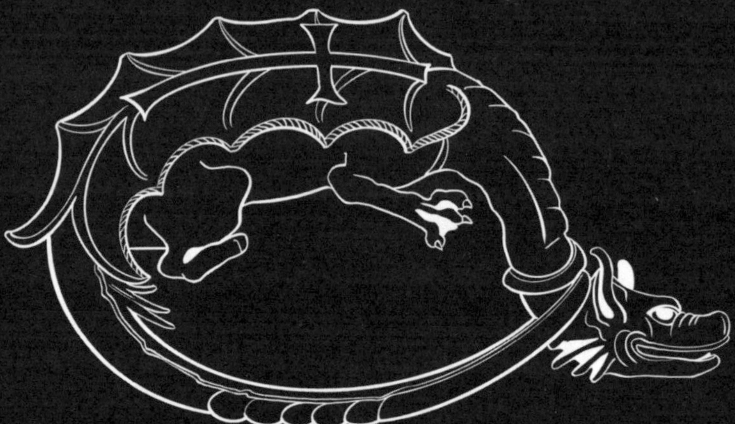

Revivendo Vlad e Báthory

Apresentação do editor

Sabe quando estamos assistindo a um filme e aparece aquela redundante, porém assustadora frase: "baseado em fatos reais"? Automaticamente um frio sobe pela espinha, nossa pele se arrepia e parece que tudo se torna mais amedrontador. Essa é a experiência que, com este livro, pretendemos proporcionar aos leitores de histórias de vampiros. Seja *Drácula*, seja *Carmilla*, ou qualquer outra narrativa vampiresca, apenas tenha em mente isto: elas não surgiram do nada, essas narrativas possuem uma origem e essas origens são muito reais, extremamente reais, brutalmente reais... reais demais para não serem contadas.

Aqui trouxemos a biografia de duas grandes figuras da nobreza da Europa Oriental que alcançaram a fama não apenas por seus títulos ou por suas riquezas, mas pela sua crueldade e sadismo. Essas figuras alimentaram os contos populares e tradicionais do Leste Europeu sobre demônios, espíritos e mortos-vivos hematófagos e canibais de uma forma tão intensa que autores como Bram Stoker e Sheridan Le Fanu, ao se depararem com elas, foram acometidos de tremenda inspiração. Vlad, o Empalador, por seus violentos e inumanos crimes de guerra, e por sua aversão a qualquer misericórdia, é uma das mais conhecidas influências para a figura do imaginário ocidental do vampiro. Contudo, o que muitos não sabem é que as irmãs do Drácula, Carmilla e o próprio Conde também parecem ser decalques de várias lendas que rondaram a polêmica vida da Condessa de Sangue, Elizabeth Báthory.

Entre os banhos de sangue da Condessa e os pães umedecidos em sangue de Vlad, estamos entrando em um terreno obscuro da história, em que a realidade e a ficção às vezes não possui limites claros. É exatamente por isso que, para que este trabalho tenha sido possível, um pesquisador precisou fazer inúmeras consultas a documentos, cartas e livros estrangeiros, entre muitas outras fontes. Uma metodologia acurada de pesquisa foi necessária para narrar as biografias de forma séria, porém sem perder a aura de sanguinolência que, de fato, permeia essas duas figuras. Então, leitores, preparem-se, pois Vlad III, o Empalador, e a Condessa de Sangue, Elizabeth Báthory, foram retirados de suas covas e estão aqui presentificados para terem suas histórias narradas.

Sanches, M.

Para que este livro fosse feito, vários profissionais se mobilizaram a fim de trazer a melhor experiência de leitura possível para vocês: uma pesquisa acurada, científica e historiográfica; uma bela capa moderna e ilustrada, além de ilustrações internas e de um bem-trabalhado projeto gráfico. Tirar o Vlad e a Báthory de seus caixões para esta obra não foi uma tarefa fácil, 500 anos de poeira já passaram por suas covas e apagaram muita coisa, no entanto, conseguimos garimpar muito do que sobreviveu ao tempo e aqui vamos apresentar alguns dos profissionais que tornaram possível essa edição.

Mário Coutinho

Mário Coutinho é professor, tradutor e pesquisador. Formado em Letras pela Universidade de São Paulo, interessa-se pela literatura, arqueologia e antropologia do Mundo Greco-Latino; Baixa Idade Média e Renascença; e pelo romance gótico e realista do século XIX.

Processo de Pesquisa

Como leitor de biografias desde minha infância, sempre acreditei que um bom biógrafo não só relata os acontecimentos da vida e os feitos de seus biografados. Um bom biógrafo — e por extensão uma boa biografia —, consegue capturar o espírito de uma era, transmitindo ao leitor muito mais do que ele esperaria encontrar ali. Nesse sentido, uma biografia acaba se tornando um difícil jogo de pesquisa, análise, comentário e seleção. A seleção é o mais complicado dos elementos: como definir o que é digno de interesse para o leitor moderno? Pensando nisso, a biografia de Elizabeth Báthory é, sem sombra de dúvida, muito mais interessante ao leitor moderno.

Elizabeth é uma mulher moderna — do ponto de vista histórico —, alguém que colheu os privilégios do Renascimento e da disseminação dos livros pela invenção de Gutenberg, uma inovadora que chegou a abrir uma escola de etiqueta, uma mulher que tinha considerável liberdade para os padrões de sua época e até mesmo comparada às mulheres de nosso próprio país, que só adquiriram o direito ao voto há menos de cem anos.

A riqueza da documentação também é notável, suas cartas e autos do processo foram preservados, e, se o leitor puder afastar toda a formalidade típica da nobreza e os modelos epistolares usados no período, é possível ver alguém de carne e osso, uma figura tridimensional. É claro que dizer que ela tinha aspirações e medos não quer dizer que ela era uma figura ordinária, desde seu nascimento ela foi alçada a uma posição que a diferenciava do resto da população, enquanto nossa condessa sangrenta colhia os frutos de uma revolução cultural, as camponesas que ela assassinava viviam exatamente como seus ancestrais séculos antes. Talvez esse seja o elemento que nos fascina: a diferença que Báthory tem em relação ao *serial killer* moderno, que é geralmente alguém que pertence à mesma classe social que nós, alguém perfeitamente ordinário, que pode passar despercebido — e, em certo grau, é o que determina seu sucesso a longo prazo — até ser descoberto. E, além disso, na esmagadora maioria das vezes é um homem. Elizabeth também chama atenção por ter montado uma estrutura que permitisse recolher garotas com a maior eficiência possível, algo que seria feito também por H.H. Holmes em seu Castelo dos Horrores, em um aparato de eficiência quase industrial. A dificuldade em relatar sua vida se deu justamente na escolha das fontes e sobre o que relatar, já que temos detalhes minuciosos, mas que, olhados a uma certa distância, acabam sendo supérfluos.

Vlad Tepes também é um produto de seu tempo e, principalmente, de seu meio. Sua vida também reflete problemas historiográficos que o pesquisador deve enfrentar: para começar, os registros são muito mais escassos que os de Elizabeth — nem sequer temos certeza sobre o local onde nasceu e onde foi enterrado — e muitas vezes sujeitos a mudanças posteriores devido ao seu *status* de herói nacional. Vlad também já nasceu com um caminho a ser trilhado. Um príncipe medieval e do começo da idade moderna era, sobretudo, um guerreiro. Como veremos em sua história, a transição de poder não era algo pautado em uma constituição, a política do maior exército reinava. Para escrever sobre Vlad, apoiei-me muito mais em textos e compêndios históricos do que em biografias, pois sua vida é altamente política, o que pode fazer com que ele pareça mais distante de nós, uma figura plana, com menos personalidade do que sua contraparte literária. Contudo, também podemos olhar nas entrelinhas e ver um homem extremamente inteligente e que, apesar de não ter tido os maiores exércitos, resistia e saía como vencedor.

Onde riscamos a linha separando fato de ficção? Onde podemos ver aspectos que nos liguem a um homem morto há mais de meio milênio? A diferença que existe entre os valores morais de Vlad Tepes e os nossos é abismal, mas, ainda assim, podemos conjecturar que sua crueldade não era um mero capricho, como bom príncipe maquiavélico antes de Maquiavel, Vlad III usava o medo como arma quando seus números eram menores. Isso não quer dizer de modo algum que devemos concordar com suas atrocidades, mas a função do pesquisador — e de um bom leitor de qualquer texto antigo — é levantar os véus que nos separam destas figuras, quase desaprendendo o que se sabe e analisando os eventos de maneira sincrônica, ou seja, em seu contexto, antes de emitir qualquer juízo.

Espero que este pequeno livro seja a porta de entrada, e não muito mais do que isso, para muitos leitores que desejam conhecer mais sobre essas figuras, sem, é claro, deixar de ser uma fonte de entretenimento e informação.

Coutinho, M.

Ana Milani

Ana Milani é artista e ilustradora. Explora em suas artes o contraste entre luz e escuridão, flertando com o etéreo e com o estranho. É influenciada por fotografias do século XIX e início do século XX, e inspira-se por pinturas, poesias e sonhos.

Processo de Criação da Capa

Após a ideia inicial da Editora Pandorga de trazer na capa as figuras de Vlad III e Elizabeth Báthory com sangue escorrendo pela capa, foram feitas duas pesquisas em paralelo: a primeira foi a dos personagens, com atenção à época e região em que viveram a fim de buscar elementos em comum para agregar à arte, como paredes de pedras, afrescos e caligrafia gótica; a segunda foi a de artes relacionadas a essas figuras, com atenção para não cair em clichês ao desenvolver a capa.

Além dos dois nobres, considero como outro "personagem" o próprio sangue. Dessa maneira, a premissa foi trazer Vlad III e Báthory como se estivessem escapando de um quadro e se diluindo nesse sangue bem vermelho, vivo, cheio de nuances e detalhes que escorre para fora da moldura e pela capa. Com foco nos tons vermelhos, as outras cores que compõem a capa são neutras. Foram desenvolvidas gotas de sangue para ornamento da lombada e contracapa, criando, assim, um visual mais harmônico. Por último, a Editora Pandorga sugeriu que se adicionasse como *background* do quadro um desenho do Castelo de Bran — localizado entre a Transilvânia e a Valáquia, e usado pelo próprio Vlad para fins militares — desse modo, a composição ficou perfeita!

Milani, A.

ILUSTRAÇÃO E LAYOUT DA CAPA

ANA MILANI

REFERÊNCIAS

VLAD III, O IMPALADOR (1431 - 1476, ROMÊNIA)

ELIZABETH BÁTHORY (1560 - 1614, HUNGRIA)

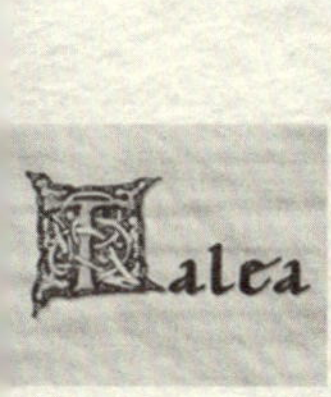

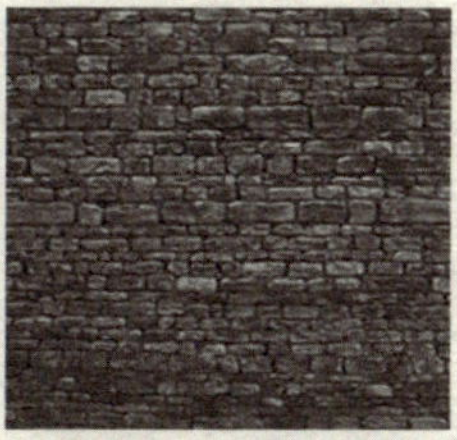

ELEMENTOS SIMILARES ENTRE A IDADE MÉDIA E A IDADE MODERNA NO LESTE EUROPEU COMO AFRESCOS, PAREDES DE PEDRAS, LETRAS GÓTICAS E... SANGUE

FONTES, CORES & ELEMENTOS

NOBREZA DE
Sangue
VLAD & BÁTHORY

FONTE SEM SERIFA E SIMPLES (GRAVITY) NA QUAL A PROTAGONISTA É A PALAVRA "SANGUE", ESCRITA EM FONTE GÓTICA (BERRY ROTUNDA)

UM FATO INTERESSANTE DA BERRY ROTUNDA (TAMBÉM CONHECIDA COMO "BLACKLETTER", "GOTHIC SCRIPT", "GOTHIC MINUSCULE" OU "TEXTURA") É QUE A FONTE FOI UTILIZADA AO LONGO DO LESTE EUROPEU ENTRE OS SÉCULOS XII E XVII

TONS NEUTROS PARA QUE OS TONS VERMELHOS SE DESTAQUEM

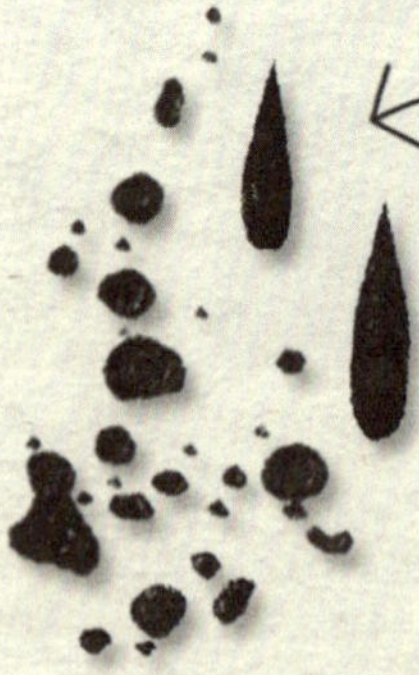

GOTAS DE SANGUE PARA ORNAMENTO DA LOMBADA E DA CONTRACAPA

ARTE FINAL

NOBREZA DE
Sangue
VLAD & BATHORY

NOBREZA DE
Sangue
VLAD & BATHORY
NOBREZA DE
Sangue
VLAD & BATHORY

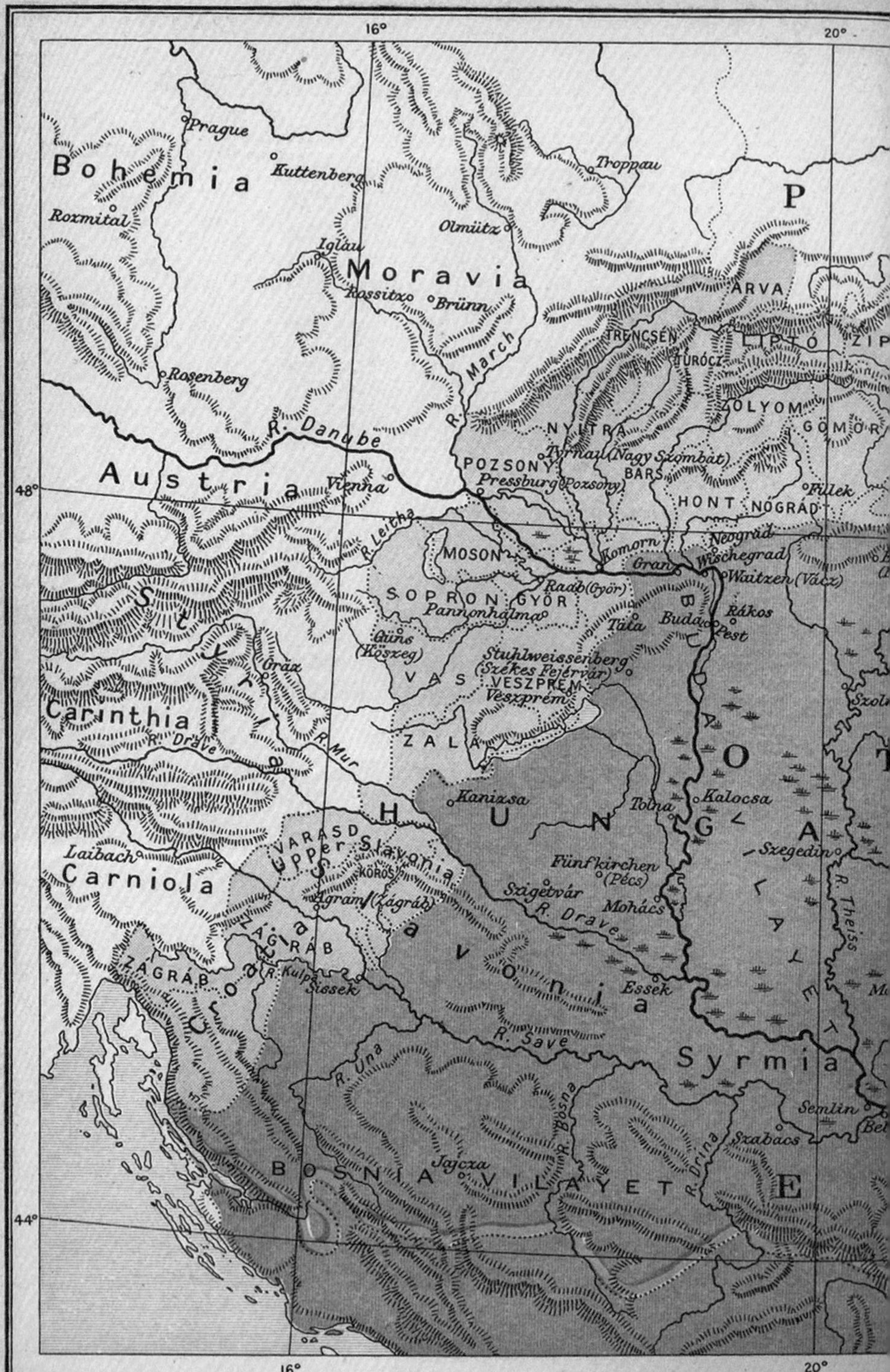

Cambridge University Press.

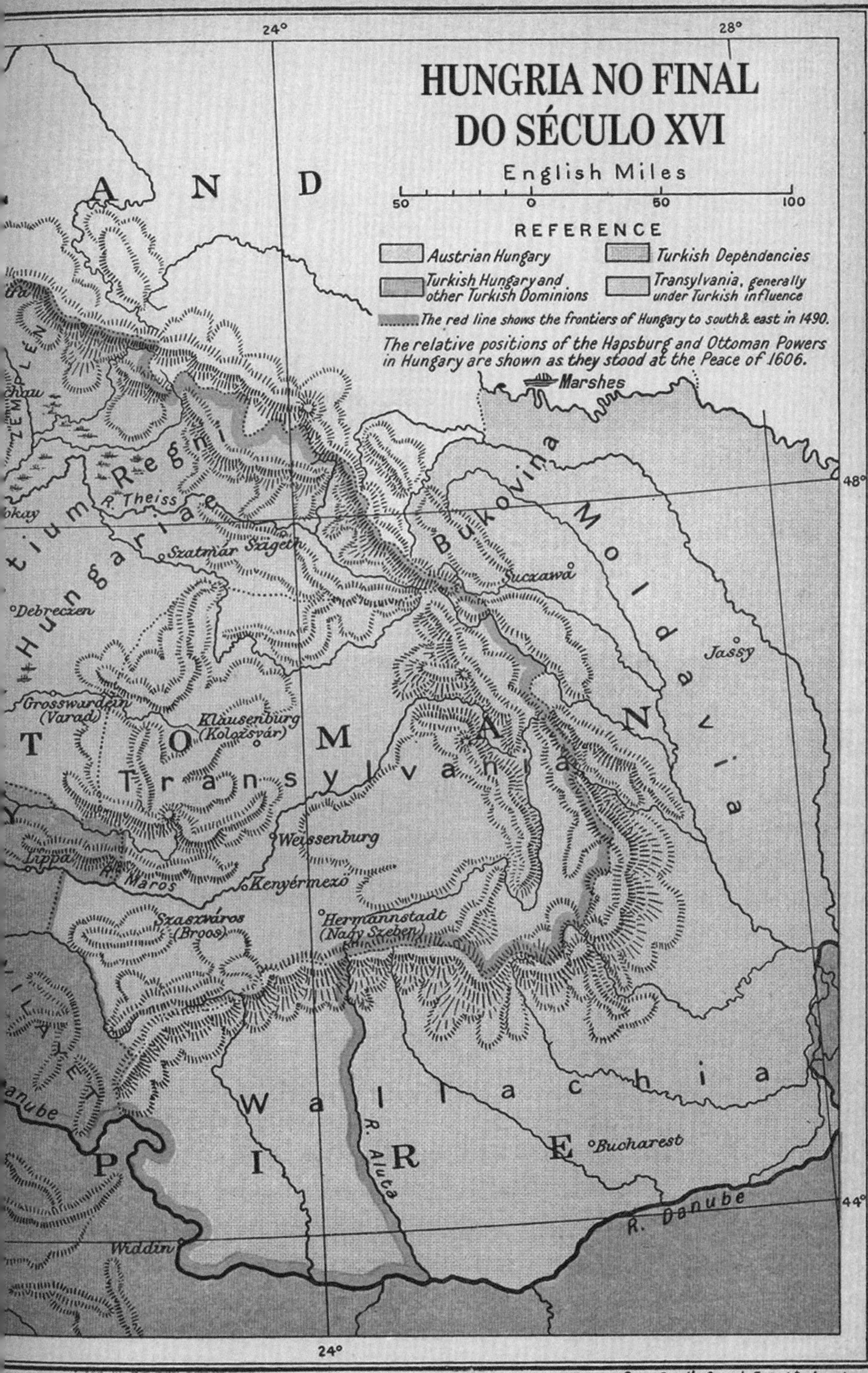

Stanford's Geog! Estab!, London

Condessa
Elizabeth Báthory

Retrato da condessa Báthory,
autor desconhecido.

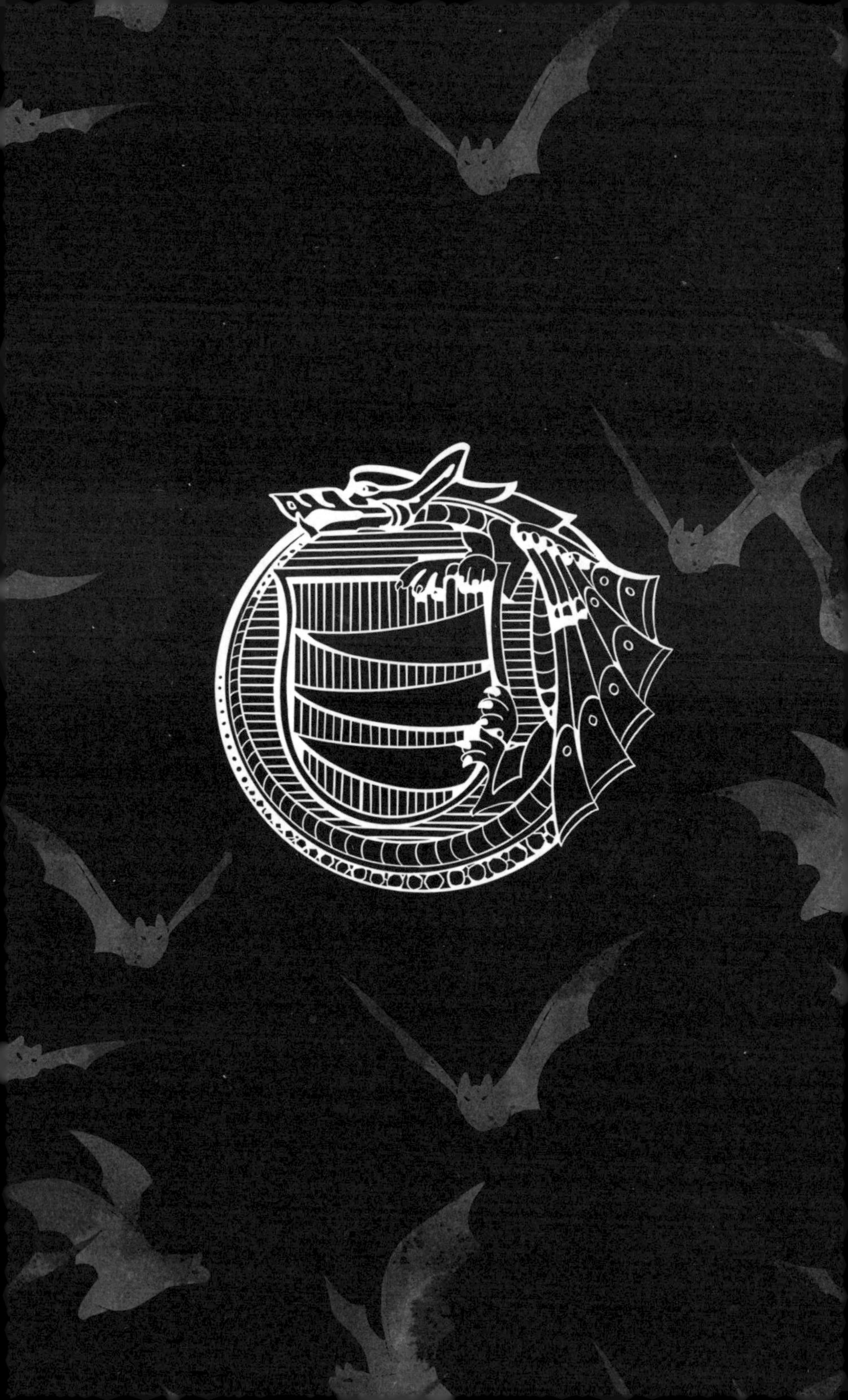

I.
Prólogo

O caráter fragmentário e a escassez de documentos, somados aos muitos séculos em que a história foi escrita e reescrita, e nos quais a diferença entre fato e ficção nem sempre é clara, tornam difícil recontar a história de Elizabeth (Erzsébet) Báthory, a condessa sangrenta. Todavia, para deixar tudo mais claro, começaremos pela noite de sua prisão. Em 1610, na noite de 29 de dezembro, um grupo composto pelo primeiro ministro da Hungria, o palatino György Thurzó, os condes Nicolaus Zrínyi e György Drugeth de Homonnay, e Imre Megyeri, acompanhados por um grupo de guardas, chegaram ao castelo de Csejthe, no então reino da Hungria. Aqueles que já assistiram *Frankenstein* podem facilmente visualizar a multidão armada com ancinhos e tochas marchando em direção ao castelo repleto de soldados com espadas e escudos.

Lá chegando, rapidamente revistaram a propriedade e encontraram o corpo de uma garota que havia sido espancada até a morte, em sequência encontraram mais duas garotas, ainda vivas, que além das marcas de espancamento tinham ferimentos que indicavam terem sido esfaqueadas. Ouvindo gritos lancinantes, o grupo percorreu a mansão buscando sua origem, ao chegarem lá, abriram a porta e encontraram quatro pessoas, três mulheres mais velhas e um jovem rapaz, todos criados da condessa Báthory, torturando uma garota. Depois de prendê-los, o grupo foi em direção aos aposentos da Condessa demoníaca, que os recebeu gritando:

— Que intrusão é essa? Vocês pagarão por essa insolência!

Então Elizabeth reconheceu os líderes do grupo, todos conhecidos dela, a começar pelo palatino György Thurzó, seu primo, os condes Nicolaus Zrínyi e György Drugeth de Homonnay, seus genros, e Imre Megyeri, o tutor de seu filho. O palatino deu a voz de prisão:

— Em nome do rei, a senhora, condessa, está presa!

A gritos e pontapés, arrastando-a pelos cabelos, tiraram-na da mansão, fazendo questão de mostrar a carnificina pela qual ela era responsável. A Condessa se manteve altiva e não disse nada.

Na mesma noite os moradores do vilarejo, mais uma vez como em *Frankenstein*, entraram na propriedade a fim de ver com os próprios olhos os terrores e as monstruosidades que lhes foram relatados.

Este foi apenas o começo do processo que revelou as atrocidades cometidas por Elizabeth Báthory, que de acordo com algumas fontes, torturou e matou mais de 650 garotas, para então banhar-se em seu sangue com a intenção de absorver a sua juventude, o que a garantiu o apelido de

Condessa Drácula

"Retrato de Lucrezia Panciatichi, por Agnolo Bronzino, que acabou ao longo dos séculos sendo completamente associado a Báthory, talvez pela incrível semelhança que afirmam existir entre as duas.

II.

Família e Formação

Os Báthorys — por vezes latinizado como Bátori — foram uma família com considerável poder na Europa central durante a Idade Média tardia e o Renascimento. Quando Elizabeth nasceu, eles já ocupavam posições elevadas na Hungria e Transilvânia há mais de 300 anos. Durante esse período, geraram várias figuras ilustres: um cardeal, vários príncipes e até mesmo um rei, Estevão Báthory, da Polônia. Eles também pertenciam aos Gutkeled, um clã da nobreza húngara, assim chamado pois teve sua origem quando dois irmãos alemães, Gut e Kelad, emigraram para a Hungria.

Em uma versão mítica de suas origens, os Báthorys afirmavam que a família teve origem no ano 900, quando o guerreiro Vitus lutou contra um dragão nos pântanos de Ecsed. Com três fortes estocadas da lança o monstro caiu. Como recompensa pelo feito de grande coragem, Vitus foi premiado com terras e um castelo na região, desde então foi chamado de Báthory, que significa algo como "bom herói", sendo *bátor* a palavra em húngaro para coragem. Essa lenda garantiu que no século XIV o brasão dos Báthorys fosse modificado, adicionando um dragão e três dentes em referência a lenda.

A família Báthory teve início de fato com András di Rakoméz, o calvo. András é referido em documentos da época como patrono do mosteiro de Sárvár, no condado de Szatmár. Em 1279 seu

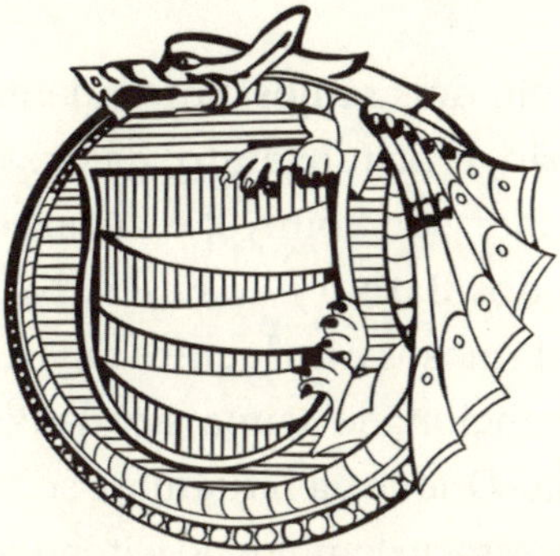

Representação do brasão de armas da família Báthory.

irmão Hados e seus filhos: György, Benedek e Briccius, também chamado de Bereck, foram recompensados pelos serviços militares prestados ao rei László, recebendo as propriedades em Bátor, no condado de Szabolcs. Em 1310 Briccius se torna o único em controle de Bátor, ele e seus filhos começam a ser chamados de Báthory, literalmente, de Bátor.

Estevão Báthory, Rei da Polônia e Grão-Duque da Lituânia.

A família então se divide em dois ramos, descendentes dos filhos e netos de Briccius: João, o primogênito, dá origem ao ramo dos mais velhos: os Báthory de Somlyó; e Lucas, seu filho mais novo, é o ancestral dos Báthory de Ecsed. No ramo dos Somlyó os membros mais famosos e influentes talvez sejam Estevão Báthory (1533-1586), mencionado acima, Rei da Polônia, príncipe da Transilvânia e Grão-Duque da Lituânia, e seu irmão Cristóvão (1533-1581). Faz-se necessário lembrar ao leitor que, apesar do nome exótico ter sido utilizado por Bram Stoker como terra de seu Drácula, a Transilvânia é um lugar real, localizada em uma região montanhosa no centro do país que atualmente é a Romênia, seu nome em latim significa "depois da floresta" (*trans silvam*). A história da ascensão de Estevão ao poder é cheia de conflitos e intrigas políticas.

Com o fim da Dinastia Jagelônica, na Polônia, fez-se necessária a eleição de um novo rei, logo, em 1576, Estevão se casou com a rainha polonesa Ana Jagelão. O começo de seu reinado foi dedicado a se defender de outro reclamante ao trono, Maximiliano II, Imperador do Sacro Império Romano-Germânico, e controlar rebeliões, como a Danzig, diretamente ligada à disputa do trono com os Habsburgo. Se de um lado Estevão tinha problemas com os Habsburgo, de outro tinha apoio da Inglaterra e de Elizabeth I, com quem se correspondia, permitindo livre comércio e passagem aos ingleses.

Ainda que Estevão preferisse evitar conflitos promovendo a paz através de alianças políticas, como as que firmou com o Império Otomano em 1577 e 1579, ele também se mostrou um líder militar capaz, modernizando o exército polonês ao seguir o modelo que já havia se consolidado na Hungria; assim criou a Piechota Wybraniecka, uma infantaria composta por camponeses. A Piechota Wybraniecka se provou um sucesso na guerra contra Muscovy (atual Rússia), liderada no período por Ivan, o Terrível.

O legado de Estevão é visível até hoje em universidades espalhadas por toda a Europa central, pois fundou diversos colégios jesuítas e transformou um desses colégios na Academia de Vilnius, uma das universidades mais importantes e mais antigas dos países bálticos. Sua influência deve ter sido extremamente marcante para Elizabeth Báthory, que era sua sobrinha através de sua mãe.

Durante o século XVI, os dois clãs da família disputavam o trono húngaro, o ramo de Ecsed apoiando os Habsburgo, e a eleição do arquiduque Fernando I, enquanto o ramo de Somlyó favorecia János Szapolyai, escolhido como rei da Hungria pela maior parte dos nobres húngaros.

Chegamos então à família imediata de Elizabeth: Anna Báthory de Somlyó — uma das primeiras nobres a apoiar a Reforma Protestante —, irmã de Estefano. Casou-se com György Báthory de Ecsed, um primo distante, trazendo uma união poderosa entre os dois principais clãs da família Báthory. György renunciou a sua aliança com os Habsburgo ao se casar com sua prima transilvana — que já havia se casado duas vezes e tido outros filhos — e, como consequência, o ramo de Ecsed passou a apoiar Szapolyai, que até então tinha sido contestado como rei por Fernando I.

Com György (ou Jorge, de forma aportuguesada), Anna teve Elizabeth, nascida no dia 7 de Agosto de 1560, e seu irmão Estefano, o primogênito — que se tornou autor de hinos e juiz — e outras duas meninas, Zsofiá e Klara. O casamento consanguíneo é uma das possíveis explicações para a epilepsia e o comportamento perturbador que Elizabeth viria a desenvolver. Os pais, que eram calvinistas, deram uma educação clássica e aristocrática para todos os filhos, Elizabeth e seus irmão aprenderam diversas línguas, entre elas o Grego e o Latim. Tony Thorne, em seu *Condessa Drácula*, pontua que Elizabeth era muito mais próxima de Estefano, seu irmão mais velho, do que de outros membros da família.[1] Estefano era visto por seus criados como um glutão, bêbado e doido. Extremamente recluso, ele passava seus dias isolado lendo seus poemas em voz alta e cantando os hinos que compunha, o que podia ser visto pelos servos como um sinal de completa loucura.

A educação de Elizabeth, que estudou os clássicos, eslovaco (a língua usada pela maioria de seus criados), lógica, matemática, caligrafia e filosofia escolástica, era bastante progressista para seu tempo, no qual a maioria dos nobres eram iletrados e dependiam de escribas, a quem ditavam cartas, decretos e outros documentos oficiais. Seus pais também permitiam que ela praticasse esgrima e montaria. Isso de modo algum negava sua feminilidade, pois, ainda assim, ela gostava de se vestir como uma dama da época, usando joias e os mais diversos adereços. Criados no conforto de Nyírbátor e isolados das intrigas políticas, as crianças passavam seus dias cavalgando, lendo e brincando pela propriedade.

A família Nádasdy foi contatada pelos Báthorys em 1570 com uma proposta de casamento. As origens dessa família na época já remontavam há mais de 900 anos, com Eduardo I da Inglaterra. Foram eles que ofereceram patronato aos autores da primeira gramática da língua húngara e da primeira tradução da Bíblia em húngaro, além de reformarem o palácio de Sárvar, a residência da família, contratando arquitetos italianos, tudo de acordo com a última moda da Renascença. Os Báthorys queriam oferecer a mão de Elizabeth, que à época tinha apenas dez anos, a Francisco (Ferenc), que tinha quinze anos.

Francisco era o menino de ouro do casal Nádasdy. Tamás, educado em Graz e Bolonha — origem, podemos supor, de sua fascinação com o mundo renascentista —, e Orsolya, que tentaram por anos ter filhos, foram finalmente agraciados com Lászlo

1 THORNE, T. *Countess Dracula*: The Life and Times of Elisabeth Bathory. London: Bloomberg Press, 1997.

e Márton, infelizmente os dois morreram durante a infância. Procurando um herdeiro, chegaram a fazer um acordo com a família Majláth, que via uma grande oportunidade de consolidar seu *status* nobiliárquico e econômico, para adotar um de seus filhos. Mal firmado o acordo e todos foram pegos de surpresa: Orsolya estava grávida. Francisco nasceu no dia 6 de outubro de 1555.

Tamás Nádasdy, Museu Ferenc Nádasdy em Sárvár.

Orsolya Nádasdy, Museu Nacional Húngaro.

Ainda que houvesse conflitos pequenos nas regiões fronteiriças, a guerra com os turco-otomanos já havia acabado, e graças ao período de paz e à expansão populacional na Europa, a família que, como todos os outros nobres da época, não pagava impostos — vale lembrar que uma das causas para a tomada da Bastilha e, em sequência, toda a Revolução Francesa foi o descontentamento do povo com o aumento da taxação dos plebeus, enquanto os nobres e cortesãos tinham diversos tipos de isenção fiscal — enriqueceu substancialmente em pouco tempo. Francisco foi para a guerra em 1578. Desde a infância ele recebeu uma educação dupla, se de um lado lhe eram imbuídas as virtudes guerreiras, do outro teve uma educação acadêmica invejável em Sárvar. Até os dez anos de idade teve como tutor o pregador e botânico István Beythe (1532-1612), e depois de 1565, Demeter Sibolti, que estudou em Wittenberg, ocupou o posto de tutor primário do menino Francisco, dizendo em 1568 que "era um pupilo grato". Podemos imaginar que o jovem Nádasdy causou uma boa impressão em Sibolti. Em 1567, quando Francisco tinha 12 anos, viajou para a corte vienense com outros tutores luteranos, além de avançar em sua educação, ele teria o treinamento militar adequado, sendo atribuído o posto de cadete na fronteira do Império Austro-Húngaro. Ficava claro que Francisco tinha o potencial para se tornar um grande atleta e um guerreiro possante, ainda que um acadêmico medíocre. O fato de que a tensão com os turcos aumentou durante sua adolescência parecia confirmar essa previsão.

A proposta de casamento foi aceita por Francisco, que estava na corte vienense, quase imediatamente. Orsolya, já com a saúde frágil, dedicava seus dias a procurar uma esposa para o filho, a menina Báthory foi uma escolha óbvia, conhecida pela inteligência aguçada, seria uma ótima esposa e ajudaria o filho a administrar a fortuna da família. Em dezembro de 1572, o noivado foi oficializado e Elizabeth, então, se mudou para Sárvár, onde aprendeu a gerenciar as propriedades da família Nádasdy. Era comum na época que uma jovem prometida se mudasse para a propriedade dos futuros sogros, onde aprenderia sobre o funcionamento da corte, da propriedade e continuaria aprendendo etiqueta.

Também nesse período, de acordo com rumores, ela teve um caso com um camponês, chegando a engravidar dele. O rumor, contudo, não tem bases sólidas e parece ter sido criado muito tempo depois da morte de Elizabeth. Outro rumor é de que ela teria aprendido os requintes de crueldade ao ver a maneira abusiva com que sua futura sogra tratava os criados, contudo Orsolya morreu em 1571, antes da chegada de Elizabeth a Sárvár.

Com Orsolya morta e Francisco na Áustria, só podemos conjecturar e imaginar como Elizabeth empregava seu tempo livre. A corte era famosa por patrocinar intelectuais e artistas de seu tempo, talvez a garota tenha aproveitado a estadia e satisfeito sua curiosidade intelectual. Entretanto, ela também pode ter sofrido muito. Sua criação e a cultura familiar em Ecsed eram muito mais permissivas que em Sárvár, um castelo imponente, que durante seu tempo era cercado por uma fosso da largura de um rio, onde a estrutura da corte era muito mais rígida que a de sua família, ali ela não podia mais brincar livremente, devia aprender a etiqueta para se tornar uma dama e uma esposa capaz, isso se refletia no modo que ela comia, se vestia, falava e mesmo como andava. Nobre, educada, bem-vestida, atraente e prometida a um jovem importante, fica claro para nós que uma garota como Elizabeth chamava atenção por onde quer que passasse, talvez até demais...

É desse período, em 1573, que vem o boato referente ao caso extraconjugal de Elizabeth com um jovem, mais precisamente Ladislav ou László Bende. De acordo com a lenda, os jovens se encontraram na mansão de Trnava, uma residência de verão dos Nádasdy, próxima ao Danúbio. Apesar de sabermos que ele existiu, é incerto se László era um criado da casa ou um nobre, contudo as fontes dizem que se tratava de um jovem muito atraente, com uma personalidade agradável e um temperamento cavalheiresco. De acordo com uma biografia do século XIX, por Ferdinand von Strobl Ravelsberg, a virgindade de Elizabeth foi "roubada" por László Bende, o que fez com que a jovem caísse em perpétua infâmia e desgraça. A lenda conta ainda que os dois tiveram uma filha que imediatamente sumiu, provavelmente levada pela família de volta para a Transilvânia, onde seria criada em segredo. É bastante conveniente que a única prova material que poderia suportar a existência do caso esteja envolta em segredos, o que parece mostrar que a história se trata, de fato, de uma lenda criada e difundida pelos camponeses muito depois de sua morte. Ainda de acordo com Ravelsberg, Francisco, em um momento de fúria, fez com que László fosse castrado e que suas partes íntimas fossem dadas aos cachorros (afinal, vampirismo e antropofagia andam sempre de braços dados).

Francisco (ou Ferenc) Nádasdy.

III.
O Casamento

O casamento só aconteceu em 8 de maio de 1575, quando Francisco tinha dezenove anos e Elizabeth quatorze. No Castelo de Varanno, atual Eslováquia, e com a presença de 4500 pessoas, as festividades duraram dias. Ainda que tanto os pais da noiva quanto os do noivo já estivessem mortos, um casamento entre nobres se tratava muito mais de uma união política do que de uma amorosa, e como tudo na política, seguia rituais. Assim a cerimônia e as celebrações estavam cheias de cortesãos, tios, primos e toda a família estendida que a nobreza implica. Temos notícia que mesmo o imperador Maximiliano II foi convidado para o casamento, todavia tudo indica que o monarca não quis correr o risco de atravessar terras infestadas de turcos para comparecer à cerimônia; mesmo assim o imperador enviou uma comitiva oficial e presentes suntuosos, acompanhados de um pedido de desculpas por sua ausência.

As festividades foram animadas pelo som de tambores, trompas, canhões e mosquetes cerimoniais. Além disso, o evento começou com um torneio de justa — esporte em que dois cavaleiros se enfrentam empunhando lanças, buscando derrubar o oponente do cavalo — no qual Francisco teve a oportunidade de mostrar suas habilidades tanto como guerreiro quanto como atleta ao vencer o torneio. Logo depois Elizabeth foi presenteada com o castelo de Csejthe, uma propriedade adquirida por Orsolya em 1569 e dada de presente para seu filho. No alto de um monte, originalmente uma fortificação romanesca que remonta a meados do século XIII — posteriormente reformado para se adequar aos padrões arquitetônicos góticos —, o castelo será o palco para muitos dos crimes hediondos e sanguinários cometidos por Elizabeth e também será sua eventual prisão.

Em sequência, teve lugar um rito tradicional: um grupo de garotas usando véus e imitando a noiva fizeram uma fila em frente ao noivo. Para provar sua lealdade e amor por Elizabeth, Francisco deveria escolher a garota correta. Após o rito ele levantaria o véu da noiva e a beijaria, sob aplausos e algazarra de todos os convidados. Certamente se tratava de algo ensaiado que buscava entreter o público.

Depois teve lugar a cerimônia religiosa seguindo os preceitos luteranos, uma fita azul unindo às mãos dos noivos simbolizava a união do casal. Em seguida se deu o banquete, ainda que não saibamos certamente o que foi servido, os registros de outros casamentos apontam uma grande fartura e comilança.

Conforme o costume húngaro ela manteve seu nome, ainda que frequentemente fosse referida pelo sobrenome de seu marido,[2] por outro lado, Francisco adicionou o nome dela, muito mais prestigioso que o seu, sendo então chamado de Francisco Báthory-Nádasdy.

Os primeiros anos do casal foram relativamente tranquilos, juntos tiveram cinco filhos, sendo que apenas três chegaram à idade adulta: Anna, Katalin e Pál.

Do ponto de vista econômico eles prosperavam: as fortunas das duas famílias foram combinadas, rendendo ao casal muitas terras, mais de 20 castelos e até mesmo algumas cidades — fato extraordinário, mesmo quando consideramos que a Hungria ainda era um estado, sobretudo, feudal. O período de relativa paz ajudou o casal e em pouco tempo eles já eram mais ricos que o próprio rei da Hungria, algo que, como veremos mais tarde, incomodava a nobreza ao redor deles.

---

2 É interessante notar que tradicionalmente os sobrenomes húngaros vem antes dos nomes de batismo, ou prenomes. (N. A.)

Para todos os efeitos, Elizabeth era uma dama exemplar: frequentava a igreja, participava de eventos oficiais com seu marido e se destacava como filantropista, dedicando-se especialmente ao auxílio de viúvas e vítimas de estupro dos turcos. Esse último grupo, talvez, em decorrência, caso não seja apenas rumor, do fato de ter sido violentada quando ainda virgem por László Bende.

Apenas três anos depois de seu casamento, em 1578, os turcos voltaram a fazer incursões no território controlado pelos húngaros. Francisco se preparou fortificando seus castelos e propriedades, além de formar um exército privado para enfrentar os inimigos. Finalmente chegara o momento para o qual toda sua vida e educação haviam-no preparado.

Com dezoito anos o jovem reuniu um grupo de quatro amigos, Zrínyi, Erdödy, Batthyányi e Palffy, que viria a ser conhecido como o "quinteto infernal". Logo o jovem se destacou, foi promovido a capitão do exército húngaro, posição em que passaria a maior parte de sua vida, recebendo então diversos títulos e condecorações. Em Sárvár, Elizabeth também viria a exercer as funções para as quais fora preparada durante toda sua infância e adolescência: a administração de diversas propriedades e o controle de uma enorme fortuna.

Ainda que tivesse que controlar as propriedades, Elizabeth — em um tempo em que distrações eram parcas — tinha bastante tempo livre. Autores e biógrafos sugerem que ela ocupava seu tempo livre visitando familiares, como sua tia paterna, Klara. De acordo com o que nos chegou, Klara era bissexual e praticava bruxaria, ou magia negra. Ora, sabemos que até então as mulheres que conheciam ervas e rituais de magia eram relativamente bem toleradas, a chamada medicina popular tinha lugar tanto entre os plebeus como entre a nobreza, então a própria existência dos rumores sugere que a forma de ocultismo supostamente praticada por Klara não era algo comum e aceita socialmente. Também é dito que Klara assassinava seus maridos e assimilava suas fortunas, algo que hoje chamamos de "viúva-negra". Já no século XVI, o pastor Bornemissza, em seu livro *As Tentações do Diabo*, acusou-a de ter tido uma amante que assassinou Estefano Drugeth, o primeiro marido de Klara. Ela também foi pintada como uma mulher tão lasciva e sedutora que mesmo os outros prisioneiros e guardas sucumbiam à tentação e faziam sexo com ela.

A história parece um tanto quanto fantástica e boa demais para ser verdade, e, além disso, por muito tempo Klara, de quem sabemos muito pouco, foi confundida pelos cronistas com Elizabeth, complicando ainda mais a situação. Outra história que nos chegou é que Klara presenteou um de seus jovens amantes com um castelo, quando o casal foi capturado por um *pasha*,[3] os turcos assaram-no vivo, enquanto Klara assistia, para depois estuprá-la em grupo e finalmente cortarem sua garganta. Tudo, sem sombra de dúvidas, muito teatral e de um enredo desmedidamente fantasioso e exacerbado.

Os comentadores mais uma vez sugerem que Elizabeth era uma libertina, tendo sido iniciada no mundo do pecado por sua tia, que agia como a sua mentora. Desta vez sendo acusada de praticar atos libidinosos com seus criados, mais precisamente um homem chamado István Jezorlay. Contudo, durante seu processo e a investigação dos crimes nefastos, com o interrogatório de seus criados, muitos dos quais sofreram tortura, ninguém corroborou a hipótese de que ela tivesse relações com seus criados ou especificamente com Jezorlay; apenas um homem, Janós Felon, disse algo que apontava para essa direção: Elizabeth teria se relacionado com um jovem servo e soldado chamado Vítus Trombitás. Vítus morreu lutando pelo exército de Francisco.

---

3 *Pasha* era um elevado posto no sistema político e militar otomano, normalmente concedido a governadores, generais, dignitários, e alguns outros nobres. (N. E.)

Toda a ligação entre Klara e Elizabeth construída pelos cronistas e historiadores que trataram da história, além de extremamente conveniente para a narrativa, tem um paralelo literário na obra do autor irlandês Joseph Sheridan Le Fanu. Em *Carmilla*, primeira obra — seja em prosa ou poesia — com uma vampira, a jovem Laura é seduzida por Carmilla.[4] Outros paralelos com essa obra são encontrados nos crimes cometidos por Elizabeth, dos quais trataremos mais tarde. O fato é que, por muito tempo, foi atribuído a Klara o papel de mentora, iniciando sua sobrinha no mundo do pecado, das artes ocultas e da sanguinolência desenfreada.

Por outro lado, se nos basearmos nos fatos que chegaram até nós — descontando os autores do século XIX, principalmente os ingleses influenciados pela moralidade vitoriana, que precisavam entender a história e criar uma narrativa que fizesse sentido em sua época —, Klara pode ser vista como uma mulher à frente de seu tempo, uma mulher com poder, posição e posses, e que não hesitava ao ser confrontada com seus desejos, com isso, incomodando seus contemporâneos, tanto nobres quanto plebeus.

Nos próximos anos, ela passaria a dividir seu tempo entre três residências: os castelos de Sárvár e Keresztúr, e a mansão da família em Viena, também visitando todas as outras propriedades da família pelo menos uma vez por ano. Nada nos seus modos, até este período, era tão diferente de outras nobres da época e nada significativo apontava para as atrocidades que ela cometeria mais tarde em sua vida. Ela acordava muito cedo para se vestir e aplicar maquiagem com ajuda de suas damas de companhia e então passava seus dias cuidando das propriedades, indo à igreja, lidando com os criados e, quando teve seus filhos, cuidando das crianças, indicando tutores, aias e babás.

---

4 Obra já publicada pela Pandorga sob o título de *Carmilla, a vampira de Karnstein*. consulte nossos canais oficiais para verificar a disponibilidade. (N. E.)

Ocasionalmente Francisco parava de guerrear e voltava para casa. Em 1589, por exemplo, retornou sob grande pompa e um banquete gigantesco, trazendo entre os espólios de guerra cavalos, animais de criação, móveis, tapeçarias, tecidos de seda e, é claro, muitas joias e ouro. O castelo da família estava tão abarrotado de tesouros que, além de terem ocupado várias câmaras vazias, foi necessário liberar adegas para que fosse possível guardá-los. Elizabeth estava determinada a garantir que tudo estivesse perfeito antes da chegada de Francisco: animais já haviam sido selecionados e abatidos, nobres das redondezas haviam sido convidados etc. A tensão dos preparativos era alta. Em uma carta a Imre Vasvari a irritação dela é clara:

"...Recebemos sua carta junto dos suprimentos. Agradeço-o especialmente por isso. Tenha em mente que mesmo se meu marido não retornar, preste atenção, senhor, essas provisões ainda devem ser enviadas. Então nos garanta que enviará o que tem em mãos até sábado e todo o resto depois, senão, veja, ficarei irada, pois espero receber convidados quando meu marido retornar."

Depois das festividades, Elizabeth e Francisco se reuniram para discutir questões relativas aos seus negócios. Logo depois, ele e seus homens carregaram as coisas para as charretes e partiram de novo para o fronte.

Os registros nos indicam que Anna foi a primeira filha do casal. Nascida em 1585, dez anos após o casamento. Era incomum na época que casais, especialmente no caso de nobres, que tem como obrigação a geração de herdeiros, demorassem tanto para terem filhos. Contudo a razão é bastante óbvia: com as viagens constantes e o guerrear de Francisco, o casal passava pouquíssimo tempo junto. Alguns autores sugerem que Francisco sentia um grande ressentimento por sua esposa e que o casal se odiava, e até mesmo que tanto ele quanto ela preferiam relações homossexuais à companhia do outro, contudo, como muitas suposições a respeito da vida de Elizabeth, não temos informações o suficiente para corroborá-las. O fato é que os dois estavam em um casamento arranjado, no qual o amor era secundário, e preocupações políticas e econômicas ocupavam o lugar de destaque. Amantes eram comuns, e, de certa forma, aceitos, a relação do casal era uma relação primariamente pública e teatral, o que eles faziam entre quatro paredes, contanto que se assegurassem de deixar herdeiros, não era de interesse público. A maioria dos casais nobres dormia em quartos separados, e ocasionalmente em residências diferentes, com criados e rotinas completamente distintas.

Sabemos também que, durante os primeiros anos do casamento, Elizabeth procurou a condessa Eva Poppel Lobkovitz, esposa de Francisco Batthyányi, um amigo da família, que era conhecida como praticante da medicina popular ou algum tipo de magia. Isso pode indicar que Elizabeth tivesse algum problema de fertilidade e buscou em Eva um tratamento. É fato que durante toda sua vida Elizabeth evitou os tratamentos tradicionais de sangria aplicados por barbeiros,[5] favorecendo o uso de ervas e fontes de água. De todo modo, ela teve seus três filhos, temos certeza que Anna (homenagem a avó materna) nasceu em 1585, porém as datas para o nascimento das outras crianças são um pouco mais confusas. Muito provavelmente Orsika (diminutivo de Orsolya, uma homenagem a avó paterna) nasceu em 1590, Kata (Katalin) em 1594, András em 1596 e Pál em 1598, quando Elizabeth já tinha 38 anos de idade. Nesse período, na Húngria,

5 Até o século XIX era comum que barbeiros fossem também sangradores, aplicando o recurso terapêutico da sangria. (N. E.)

e na maior parte da Europa, meninos eram mais desejáveis que meninas, isso tem razões primariamente econômicas: um herdeiro do sexo masculino significava a transmissão da herança, nome e legado da família sem grandes complicações jurídicas.

Em um tempo em que muitas famílias da nobreza consideravam filhos um dever, assim como os casamentos arranjados, uma das cartas,[6] de próprio punho, demonstra o interesse e preocupação de Elizabeth com os filhos:

Em relação às crianças, posso informar-te de que Anna e Orsika estão sãs. Kata, por outro lado, tem um problema na boca: isto é, uma podridão se espalhou ali, infectando seu maxilar. O barbeiro cutucou no meio do dente com um ferro — ele disse que era questão de sorte nenhum dente ter caído. Não sei como o Senhor resolverá esta questão, mas agora, de todo modo, a situação é péssima para ela. Sobre mim mesma, posso dizer que a situação é muito melhor do que nos últimos tempos...

Sárvar, na sexta-feira depois da ascensão do nosso Senhor,

Vossa serva,
Elisabeth Báthory

Alguns meses depois ela enviou uma nova carta ao marido informando-o sobre a saúde das crianças, a preocupação é óbvia: em uma época em que a mortalidade infantil era altíssima,

6 Tanto a carta anterior, quanto esta (bem como as que aparecerão mais à frente) foram extraídas de CRAFT, K. The Private Letters of Countess Erzsébet Báthory. Lexington: Kimberly Craft, 2011.

o bem-estar dos jovens nobres, que apesar de receberem atenção da mãe, não eram criados por ela, mas, sim, por uma ama de leite, ou *dajka*, chamada Ilona Jó — que mais tarde viria a auxiliar Elizabeth a torturar as garotas — era de suma importância. As amas eram essenciais na criação dos jovens nobres: livrar a mãe das obrigações de amamentar e cuidar dos filhos significava que essas mulheres poderiam voltar a lidar com os criados e administrar as propriedades da família, quando fosse o caso. Outro fator em que as amas ajudavam as mães, numa época em que se acreditava que a amamentação drenava às forças da mulher, era ao preservarem sua beleza e vigor sexual.

O testamento de Elizabeth mostra que dos cinco filhos, apenas três sobreviveram. András morreu em 1603, com apenas sete anos, não sabemos ao certo quando, mas em 1610, ano do testamento de Elizabeth, Orsolya também já estava morta. Outro filho do casal que não está no testamento é o suposto Miklós. De acordo com relatos, Miklós não foi criado com as outras crianças em Sárvar, tendo sido escondido pela família. Tudo que podemos supor com a documentação existente hoje é que Miklós era, na realidade, um primo da família ou um filho proveniente de um caso extraconjugal, assumido por Francisco, ainda que só em nome, não recebendo nada no testamento, como uma maneira de se evitar um escândalo.

IV.

Dois anos difíceis

1604 e 1605 foram dois anos difíceis para Elizabeth, em 1604 Francisco morreu no meio da famosa Guerra dos Quinze Anos, era de se esperar que o guerreiro morresse em batalha, contudo, já em 1601 ele foi acometido por uma dor tremenda nas pernas, impossibilitando-o de andar; em 1603 a doença voltou, e dessa vez ele ficou totalmente incapacitado, tratou então de fazer os preparativos para sua eventual morte e assegurar-se do futuro de Elizabeth e de seus filhos. Logo no ano seguinte, 1605, Anna, que podemos assumir por meio de suas cartas tinha uma relação de cordialidade e afeto com sua mãe, se casou e deixou a casa. Além do casamento da filha, Elizabeth também foi afetada pela morte do irmão mais velho, Estefano, a quem ela sempre fora muito apegada.

Mesmo antes da morte de Francisco, o casal já demonstrava um distanciamento, quando ele voltava dos campos de batalha preferia ficar em Sárvár, enquanto Elizabeth favorecia o castelo de Csejthe. Tanto a morte de Francisco quanto a de Estefano foram terríveis para Elizabeth economicamente: com a morte do marido os tesouros reservados para a guerra foram sendo rapidamente drenados, os espólios conquistados por Francisco, que em alguns momentos ocuparam salas e quartos, não chegavam mais, e a família continuava pagando o soldo das tropas e contribuindo com os impostos que só aumentavam, pois era a maneira de financiar o conflito contra os turcos. Elizabeth foi forçada a viver da colheita e produção de vinho em suas propriedades. Outra consequência devastadora da morte de Francisco foi que Elizabeth passou de *dona* de uma enorme fortuna a mera *administradora* da fortuna que seria um dia legada a seu filho Pál, em outras palavras, seu sucesso ao produzir um herdeiro significou, de certa forma, perder grande parte, se não a maioria, do poder considerável que ela tinha, e mesmo nessa posição ela ainda concorria com Imre Megyeri, tutor e guardião legal de Pál, para todos os efeitos o homem era seu rival e foi ele quem a denunciou às autoridades.

A morte de Estefano significou que ela não teria mais acesso às vastas fortunas de sua família. Como ele não deixou herdeiros, seu título e fortuna foram para um primo distante, que não tinha interesse, motivos ou obrigação de ajudar Elizabeth, que agora não tinha mais a solidez econômica e proteção militar de outrora. As testemunhas relatam que, durante a viagem para o funeral de seu irmão, Elizabeth estava tão perturbada que ao longo do caminho para Ecsed, sua residência de infância, três garotas que faziam parte da comitiva morreram e foram enterradas pelo caminho. Quando as famílias, preocupadas com as garotas que não haviam voltado, dirigiram-se a Elizabeth, a resposta foi que as garotas morreram de cólera. Várias testemunhas relataram as torturas que Elizabeth costumava aplicar em viagens e seu hábito de enterrar garotas pelo caminho, e quando isso não era possível, levava seus cadáveres durante a jornada inteira para serem enterrados quando chegassem ao destino, qualquer que fosse ele dentre as muitas propriedades controladas e visitadas frequentemente por Elizabeth. É nesse momento que a severidade dos castigos começa a piorar.

V.
As torturas

Durante todo esse período, alguns acontecimentos já indicavam o terrível comportamento de Elizabeth, por exemplo: uma jovem criada morreu, sem motivo aparente, no meio da noite. Quando o pastor István Magyari visitou Sárvár para realizar o funeral, a garota já estava em um caixão fechado. O motivo apresentado foi que a garota sofrera de cólera e a família não queria assustar os residentes da cidade, nem espalhar a doença. Pouco tempo depois, Magyari foi chamado mais uma vez, estando indisponível, ele mandou seu substituto Michael Zvonaric. Corriam rumores de que três garotas ocupavam o mesmo caixão, que já estava selado. Ao perguntar a Elizabeth por que os três cadáveres estavam juntos, a resposta foi:

— São apenas dois corpos. Uma garota morreu e a outra já estava nas últimas, então esperamos ela morrer para enterrá-las juntas.

O pastor, perplexo, foi aconselhado a ser discreto, posto que os outros criados perderiam tempo com fofocas. Essas mortes misteriosas acompanhavam Elizabeth onde quer que ela estivesse. Em um tempo em que a mortalidade era alta e as autoridades não podiam se comunicar com eficiência, o padrão demorou a ser descoberto, e o número de cadáveres continuava aumentando. É dito que assim que ela chegava em alguma de suas propriedades, uma de suas primeiras preocupações, se não a primeira, era achar um local adequado para montar sua câmara de tortura e sanguinolência.

Na época, não era incomum punir violentamente a criadagem, e as criadas em especial sofriam muito na residência dos Báthory-Nádasdy. É dito que Elizabeth aprendeu uma das técnicas de tortura com seu marido, que se preocupava em não matar as garotas no processo, o que começou a acontecer com maior frequência logo depois de sua morte. Esta técnica consistia em colocar papel com óleo entre os dedos dos pés das criadas e atear fogo, infringindo graves queimaduras, mas sem incapacitá-las completamente. Considerando os desdobramentos e a escalada de violência perpetrada por Elizabeth e seus cúmplices depois da morte de Francisco, podemos supor que ele encobrisse os excessos de sua esposa em vida, subornando oficiais, adulando membros do clero, ou, ao menos, refreando-a de alguma forma.

Em 1605, Elizabeth passou uma temporada em Viena, fazendo compras e se distraindo, considerando a morte do marido, do irmão e o casamento da filha, um pouco de ar fresco em uma cidade pulsante e cheia de cultura certamente lhe faria bem. A mansão vienense ficava em frente a um monastério. Diz-se que o barulho dos gritos que vinha do casarão era tão alto que os monges começaram a atirar objetos na mansão em protesto. Elizabeth Báthory durante o dia era uma perfeita aristocrata, contribuindo com a igreja, apoiando jovens acadêmicos e emprestando dinheiro para quem precisasse; de noite tornava-se completamente demoníaca, e a situação era outra, muito mais macabra.

O ano acabou com uma revolta camponesa em outubro. O pretexto da revolta foi o conflito religioso entre católicos e protestantes, o próprio líder da rebelião, Estefano Bocksai, era um nobre protestante, assim como Elizabeth e sua família. Bocksai se revoltou contra o imperador e conseguiu arrastar toda a Transilvânia consigo — elevando-se a príncipe da província —, e durante o processo depôs a legitimidade da família Báthory. É óbvio que uma rebelião no meio de uma guerra pode ter consequências devastadoras. Com agentes internos efervescentes, os turcos viram uma oportunidade de colocar ainda mais lenha na fogueira: Viena estava em chamas. A maioria dos nobres, e Elizabeth deve ter feito o mesmo, fortificaram seus castelos, que já eram fortalezas, tamanha a preocupação com a rebelião insuflada por Bocksai. Elizabeth precisou usar de toda sua educação ao escrever diversas cartas aos ministros do imperador pedindo por fundos, usando seu status de viúva como meio de comover os ministros. Toda a preocupação em se mostrar frágil e vulnerável talvez não fosse tão necessária a condessa Báthory, e fosse apenas uma formalidade retórica utilizada neste tipo de pedido: a mera indicação de que ela estava do lado do Império e precisava de sua ajuda relembrava-os da lealdade da maior parte de sua família, e, certamente, a lealdade da própria condessa. Ainda nesse período a liberdade e o controle que Elizabeth tinha sob suas propriedades foram postos à prova. Qualquer problema que tivesse relação com as revoltas era o suficiente para alertar as tropas do Império, que enviaria 200 ou 300 soldados alemães em auxílio à cidade, obviamente os soldados seriam recompensados drenando os recursos do tesouro e pilhando a cidade depois de restabelecer a ordem. Elizabeth ficou então cada vez mais reclusa, passando mais e mais dias no castelo de Csejthe, onde tinha autoridade absoluta sobre tudo e todos.

Nesse mesmo período, alguns membros se juntaram à corte de Elizabeth, membros que seriam seus cúmplices. A primeira foi Ilona Jó, a *dajka* — ama — de seus filhos; Dorottya Szentes, uma amiga de Ilona; Katalina Beneczy, uma lavaderia; e o menino János Újváry, conhecido como Ficzkó. O menino foi forçado a trabalhar na residência dos Báthory desde pequeno. O papel de Ficzkó, carinhosamente chamado por Elizabeth de "Thorko" é bastante misterioso, como quase tudo da vida de Elizabeth, que nos chegou em relatos que misturam realidade e ficção, tornando extremamente difícil discernir onde um começa e o outro termina. De acordo com os autores e comentadores, o menino ensinou vários feitiços e rituais de magia negra a sua senhora. Em uma suposta carta enviada a Francisco, Elizabeth descreve o feitiço que aprendeu com Ficzkó dizendo:

> "Thorko me ensinou uma muito boa. Você precisa pegar uma galinha preta e bater com uma vara branca até matar. Então guarde o sangue para passar em seus inimigos, se você não conseguir passar em seu corpo, passe em uma de suas peças de roupa."

Os autores também apontam que Ficzkó tinha alguma forma de desfiguração, Kimberly Craft aponta alguma similaridade com Igor, o assistente do doutor Frankenstein nos filmes da década de 1930. A similaridade com este personagem também nos mostra a direção para uma outra hipótese: durante o final do período medieval e o começo do período moderno, quando se situa a nossa história, a corrupção do corpo indicaria também uma corrupção da alma (basta pensar na corcunda de Ricardo III na peça homônima de Shakespeare). Essa associação entre debilidade física e espiritual acaba criando um tipo de personagem subalterno com alguma forma de deficiência física, como Salvatore em *O Nome da Rosa* de Umberto Eco. Seria bastante plausível que Ficzkó não fosse portador de nenhuma deformidade e que na realidade os comentadores impuseram esse lugar comum a ele, para torná-lo uma figura maléfica e demoníaca. De todo modo, sabemos que Ficzkó fazia tudo que Elizabeth mandasse.

E finalmente Anna Dorvula, uma croata que era conhecida por praticar bruxaria, e que, de acordo com algumas testemunhas e todos os outros cúmplices, foi a responsável por ensinar Elizabeth, provendo-lhe as ferramentas para espancar e torturar as garotas. Não sabemos muito mais a respeito de Anna Dorvula, exceto que ela morreu de um derrame em 1609, mesmo ano da abertura do Gineceu de Elizabeth.

Na Grécia antiga, o gineceu era a parte da casa reservada às mulheres, onde elas conversavam, fiavam, costuravam e tratavam de todas as outras tarefas domésticas, era, em suma, o santuário das mulheres. No século XVII, a palavra adquiriu uma nova conotação, a de uma escola preparatória para garotas, onde, por uma certa quantia, elas aprenderiam as maneiras da corte austríaca. Essa empreitada oferecia um solução para dois dos problemas de Elizabeth: abastecia os cofres da família e provia um fluxo constante de vítimas — já que as famílias, ouvindo os rumores e possivelmente os gritos de desespero das garotas que eram torturadas e assassinadas, começaram a se recusar a enviar suas filhas para trabalhar na residência da senhora Báthory. Esse foi o erro fatal de Elizabeth. Até então ela havia torturado jovens camponesas e criadas, ou seja, gente considerada descartável pela nobreza da época, com a abertura do gineceu, as vítimas começaram a vir de uma camada social diferente: a baixa nobreza, que apesar de baixa, ainda assim era nobreza.

Em três semanas todas as garotas enviadas para o gineceu de Elizabeth morreram. Seus corpos não foram devolvidos às famílias, o que causou uma enorme comoção e movimentação contra Elizabeth.

Essas famílias, diferentemente dos plebeus e camponeses, tinham um acesso direto ao rei Mátyás II e a György Thurzó, recém-eleito palatino, com 150 votos da Dieta,[7] e primo de Elizabeth. Uma das primeiras tarefas delegadas a György foi

7 A Dieta Húngara, ou originalmente *Parlamentum Publicum/Parlamentum Generale*, tornou-se a instituição legislativa suprema no reino medieval da Hungria a partir da década de 1290, e em seus estados sucessores: a Hungria Real e o reino Habsburgo da Hungria durante o período da Era Moderna. O nome do corpo legislativo era originalmente "Parlamentum" durante a Idade Média, porém a expressão "Dieta" torna-se mais comum principalmente no período moderno. (N. E.)

a investigação dos boatos que cercavam a condessa à boca pequena. Apenas alguns anos antes, em 1606, Elizabeth havia se correspondido com Thurzó, que estava em Viena, para pedir conselhos. Em 1607, expressou seu desejo de comparecer ao casamento de Judit, filha de Thurzó, que apenas alguns anos antes ouviu de seu pai que ela "deveria tomar Elizabeth Báthory como espelho nos estudos." A situação era muito delicada.

Retrato de György Thurzó.

No caminho de volta do casamento de Judit com o barão András Jakusith, de Orbova, mais uma vez Elizabeth mostrou que não lidava muito bem com viagens, ou que elas atiçavam ainda mais suas vontades de praticar seus atos de sanguinolência e tortura. Uma de suas damas de companhia tentara escapar, a insolência não passou sem grave punição. A garota foi levada a um vilarejo próximo e despida no frio, foi forçada a entrar na água congelante enquanto a condessa forçava violentamente sua cabeça para baixo, até que ela morresse ou afogada ou de hipotermia.

É dito que Elizabeth tinha um senso de ironia poética ao aplicar suas punições e torturas, no caso desta garota em específico, as testemunhas contam que a jovem dama de companhia, logo depois de embarcar na carruagem, reclamou do frio e disse que estava com sede, Elizabeth se enraiveceu com as reclamações e disse algo como:

— Está com frio? Está com sede? Eu vou lhe dar algo para beber, sua vadiazinha!

E começou a espancar a garota segurando seus pulsos, então a carruagem parou e a garota tentou fugir, apenas para ser capturada pelo cocheiro. De acordo com os testemunhos dados durante o julgamento, essa forma de punição era um lugar-comum para as garotas que Elizabeth torturava durante suas infernais viagens, uma outra alternativa era jogar os baldes de água quase congelada nas garotas nuas em vez de submergi-las em um lago.

Uma punição parecida é relatada no testemunho de Benedek Dezso, que diz:

— Uma vez, quando viajamos para a Bratislava, Francisco Zemptey deu à senhora E. Bathory dois *pogacsa* (um biscoito) de batata. A senhora os confiou a uma garota alemã, que comeu um e assim sendo não podia devolvê-lo. Então a senhora esquentou o outro até que estivesse quase pegando fogo e enfiou na boca da garota.

Também é relatada uma história muito parecida em que uma das criadas roubou uma moeda e Elizabeth procedeu da mesma forma.

Outra ocasião em que Elizabeth precisou viajar foi a coroação do rei Mátyás II. Esta viagem também resultou em muitas vítimas, desta vez, as garotas foram torturadas com ferros incandescentes, quase derretendo. A maioria das garotas morreu logo depois de chegar na propriedade de Keresztúr. Kimberly Craft aponta um padrão, que a maioria dos leitores já deve ter percebido por si mesmos: em aparições públicas, viagens e visitas de outros nobres Elizabeth descontava todo seu desconforto nas jovens. Quanto maior o desconforto, maior o grau da punição e tortura.[8]

Talvez esse padrão seja enganador. Mesmo quando estava sozinha em suas propriedades as torturas, ainda que menos ousadas, visto que aconteciam a portas fechadas, continuavam. Talvez a corte de Csejthe, onde Elizabeth viria a ser descoberta e presa, oferecesse mais privacidade do que a residência de Sárvár, por exemplo. De acordo com as mais de 300 testemunhas interrogadas durante o processo, apenas oito pessoas, incluindo os cinco cúmplices, viram as torturas sendo realizadas.

Para Valentine Penrose, autora de *Bloody Countess*, Dorvula ofereceu à condessa Báthory a possibilidade de aproveitar as torturas pelo que elas realmente eram, sem precisar da desculpa de que se tratavam de punições pelo mal comportamento da criadagem, para a autora "agora o sangue seria derramado pelo sangue, e a matança pela morte em si."[9] Elizabeth começou então a ter mais criatividade nas torturas. Ela empurrava uma garota escada abaixo enquanto os cúmplices, com correntes, ferros quentes,

---

8 CRAFT, K. *Infamous Lady: The True Story of Countess Erzsebet Bathory*. Lexington: Kimberly Craft, 2009.

9 PENROSE, V. *The Bloody Countess*. Translated by Alexander Trocchi. London: Colder and Boyors, 1970.

facas e lâminas em mãos, já a esperavam cair. Para visualizarmos melhor essa cena, podemos nos imaginar sendo empurrados escada abaixo e caindo em uma masmorra iluminada apenas por archotes e uma lareira como ferros incandescentes ao fundo, ao olhar para cima, somos surpreendidos pelas feições deformadas de Thorko, já pronto para nos amarrar enquanto Elizabeth e Anna Dorvula descem lentamente as escadas, com feições de um prazer sádico e satânico em seus rostos, tudo isso sem poder fazer nada. E esse era só o início dos terrores que uma das vítimas de Elizabeth poderia sofrer naquela noite.

Com a morte de Dorvula, em 1609, parece-nos evidente que mudariam também os métodos de Elizabeth, afinal, *serial killers* — não nos esqueçamos, Elizabeth, sem sombra de dúvidas, foi uma *serial killer* — tendem a agir de maneira ritualística, ou seja, as mortes seguem um determinado processo e ordem, no caso de Elizabeth podemos imaginar que o primeiro passo na seleção das vítimas fosse algum tipo de comportamento que fosse considerado rude, insolente, ou mesmo que a incomodasse de alguma forma, especialmente perto de momentos em que ela interagia socialmente com outros grupos da aristocracia. O segundo elemento seria prender, ou, como no caso da jovem que foi afogada, limitar os movimentos da vítima, aí, então, entrariam as partes de seus outros cúmplices, em especial o jovem János Újváry, conhecido como Ficzkó e chamado carinhosamente de Thorko por Elizabeth. É de se imaginar que sendo o único homem do grupo — e como a maioria das vítimas tinha entre 10 e 14 anos, nenhuma mais velha que 18 —, ele fosse o responsável pela imobilização das garotas assim que elas chegassem nas câmaras de tortura.

Um dos casos que podemos contar aqui foi extraído do testemunho de Benedikt Deseo, castelão do Csejthe e uma das únicas pessoas presentes quando a condessa finalmente assinou seu testamento em 1610. É dito que, dentre todas as testemunhas, ele era a que tinha mais informações sobre o que acontecia entre as paredes da residência, contudo, preferiu ficar em silêncio, só anos depois ele revelou à Corte o que sabia, nos presenteando com todos os detalhes nefastos do que acontecia numa das sessões de tortura presididas por Elizabeth.

Procurando a senhora para informá-la de algo que acontecia na propriedade, ele a encontrou com uma de suas vítimas, o nome da garota era Ilonka, a filha do sapateiro da vila, ao ver a menina chorando Benedikt deu meia-volta, até que foi premido pela condessa a ficar, quando ela disse:

— Fique, eu quero que você veja.

Ele parou de súbito e voltou seu olhar para sua senhora e a garota que ela tinha em mãos.

— Essa garota precisa aprender, ela precisa ser disciplinada.

Elizabeth então prosseguiu, começou a despir a pobre garota e rasgar suas roupas até que ela estivesse completamente nua, neste momento a vítima já estava de joelhos, chorando descontroladamente.

— Ela é extremamente desastrada, não consegue fazer nada direito.

Nesse momento a condessa pegou uma adaga e mostrou à garota, que estava desesperada. Elizabeth começou a perfurar os dedos da menina, um por um, com a lâmina da adaga.

— Agora ela vai aprender!

A garota simplesmente despencou, fazendo um estrondo quando seu corpo atingiu o chão, as mãos estiradas, jorrando fluxos e mais fluxos de sangue pelo chão do aposento. Benedikt percebeu que aquilo já era demais e lentamente se dirigiu a porta, sem virar as costas para sua senhora.

— Espere! Talvez não sejam os dedos, talvez sejam seus braços — disse pensativa.

Então Elizabeth aproveitou o momento e se atirou sobre a garota, esfaqueando seu braço direito repetidamente. Quando a menina fez menção de tentar fugir, Báthory imediatamente agarrou seus cabelos e começou a esfaquear o outro braço.

— Hmm, os braços também não funcionaram — disse, enquanto olhava o corpo debilitado de sua vítima. E começou a perfurar todo o corpo da garota, pernas, coxas, torso, seios; enquanto isso continuava gritando impropérios contra a garota que estava completamente em estado de choque, e pela perda de sangue, prestes a morrer. Ainda assim Elizabeth não parou:

— Calma, não desmaie. Ainda não terminei sua lição.

Pegou uma vela e queimou os olhos da garota, que primeiro se reviraram, deixando apenas a esclera branca à vista, e depois se escureceram com a chama, foi neste momento que Benedikt percebeu que a garota finalmente tinha morrido.

Em uma outra ocasião, Benedikt presenciou mais uma garota sendo torturada pela Condessa de Sangue. A menina tinha sido acusada de costurar devagar demais para o gosto de sua patroa, foi então desnudada e apresentada a Elizabeth, que segurava uma barra de ferro.

— Estenda as mãozinhas.

E bateu nas mãos da menina até que grande parte dos ossos estivessem completamente estilhaçados, com as unhas despedaçadas e a pele dilacerada. Em um século no qual a higiene não era exatamente uma das maiores prioridades na vida cotidiana, as mãos da garota logo infeccionaram, ficando extremamente inchadas e podemos até imaginar o pus escorrendo das feridas. Depois de golpear as mãos da garota, a condessa jogou linha e agulha para a garota, ordenando que ela costurasse. Tudo que a garota podia fazer era pedir por clemência, então Elizabeth, de acordo com Benedikt, virou-se para a plateia, como uma professora e disse:

— Vejam que garota inútil! Não consegue nem costurar.

E começou a perfurar a garota com a agulha. Logo depois pediu seu chicote e procedeu açoitando-a.

Benedikt Deseo também contou que um ferro menor e mais comprido era aquecido no fogo da lareira depois inserido na vagina de algumas garotas. É fácil ver este homem como um omisso, alguém que se calou frente ao sofrimento de seus pares, contudo ele usou toda influência que tinha para dissuadir a condessa, implorando para que ela parasse e expressando seus receios de que em algum momento ela seria descoberta e presa, ela respondia inclementemente, imaginado estar acima da lei, e de certo modo, como veremos mais abaixo, ela estava. Aos 50 anos, ele percebeu que não aguentaria mais ver aquelas pobres garotas sendo torturadas até a morte e "pediria a conta". Imre Megyeri, o tutor de Pál, convenceu-o a ficar. Apenas algumas semanas depois a condessa foi presa.

VI.
O Gineceu

Depois da morte de Anna Dorvula, Elizabeth começou a se distanciar cada vez mais da realidade, os efeitos que a mulher teve sobre ela foram irreparáveis, agora ela usava magia negra como solução para todos os seus problemas, foi sugerido a ela que o sangue de garotas nobres, ainda que da baixa nobreza, era mais poderoso que o sangue de camponesas. Outra razão para a abertura do Gineceu, admitidamente menos mística e mais plausível, é que Elizabeth mataria dois coelhos com uma cajadada só, isto é, as famílias da região já estavam fartas de enviar suas filhas para a morte certa, de modo que o número de camponesas que Elizabeth poderia torturar vinha diminuindo em um ritmo alarmante, fazendo com que ela tivesse que viajar, às vezes até Viena, para conseguir criadas. Além disso, abrir sua residência para garotas, com as famílias pagando uma quantia para esta forma de educação, ajudaria a encher os cofres, resolvendo o segundo problema que assolava a condessa. A escola buscava — em tese, se desconsiderarmos os verdadeiros propósitos por trás do plano de Elizabeth — preparar jovens garotas da baixa nobreza para um casamento, ensinando-as como se portar, como cuidar da casa e da criadagem, entre as outras tarefas reservadas a essas jovens moças, que logo deveriam ser apresentadas à sociedade para encontrar um marido.

Ainda que as famílias da aristocracia não soubessem dos horrores que transcorriam no castelo de Csejthe, não tardaram a descobrir. Considerando os casamentos consanguíneos típicos da nobreza europeia, não é surpresa que algumas das garotas que frequentaram o gineceu de Elizabeth fossem suas parentes ou filhas e irmãs de algum amigo da família. Então as reclamações começaram: meninas simplesmente desapareciam ou morriam subitamente durante sua estadia em Csejthe. Anna Zelesthey contou que sua filha, Zsuzska, foi tão maltratada e espancada que sua carne literalmente se descolou dos ossos e caiu antes de ela morrer.

Em outro testemunho, János Belanczy conta que, depois de muito tempo sem notícias de sua irmã mais nova, foi acompanhado de um amigo pedir satisfações à condessa. Após muito esperar, a garota foi-lhe apresentada, de acordo com ele, "muito fraca e sentindo muita dor por conta das torturas e tormentos aos quais fora submetida, mal podendo estender as mãos, tudo que ela podia fazer era chorar e gemer."

Muitos perderam filhas e irmãs durante esse período, o que finalmente foi a ruína de Elizabeth. Ainda que ela tivesse torturado, atormentado, abusado e matado muito mais camponesas e plebeias, o código penal da época não permitia que um plebeu abrisse uma queixa contra um nobre, o que fazia Elizabeth estar, de fato, acima da lei, como comentamos que ela estava ciente e se vangloriava disso. Não só ela estava acima da lei, como também o assassinato de centenas de criadas e servas nem sequer se constituía como um crime. Devido ao sistema ainda bastante feudal que organizava as relações na Hungria, as garotas eram legalmente consideradas um recurso, e não cidadãs.

Com as garotas do gineceu a história era outra, agora ela estava torturando filhas e irmãs de seus iguais, e uma queixa poderia ser aberta, e com as garotas que sobreviveram aparecendo em público portando em seus corpos as marcas das violências cometidas pela condessa, sua reputação piorava a cada dia. Seus métodos eram cada vez menos refinados, e podemos imaginar que o nervosismo causado por isso fez com que ela perdesse o controle. Em menos de um mês todas as garotas que frequentavam a escola haviam sido assassinadas, desta vez, em vez de dizer que se tratava de uma epidemia de cólera, Elizabeth disse que uma menina enlouqueceu e matou todas as outras visando obter suas joias e cometera suicídio assim que foi descoberta.

Essa história, somada aos crimes de Elizabeth e às alegações posteriores de que ela se banhava em sangue de modo a absorver a juventude e a beleza das garotas, aqui representadas pelas joias das outras garotas, é bastante parecida com o conto da Branca de Neve (ela mesma filha de um conde e uma condessa em algumas versões da história). Ora, sabemos que o conto é bastante antigo e está presente na maioria dos países europeus em suas mais diversas línguas e culturas, com leves variações — a versão italiana, por exemplo, se chama *La Ragazza di Latte e Sangue*, sendo a neve um fenômeno relativamente raro na Itália, a substituição pelo leite, tão branco quanto a neve, é uma adaptação bastante válida —, e pode ter em algum momento chegado ao conhecimento de Elizabeth.[10] Estaria ela, ao contar a história da menina que assassinou as outras para roubar algo que era delas, fazendo uma confissão, ainda que inconsciente? Estaria seu estado mental se degenerando diariamente?

De qualquer maneira, assim que as reclamações chegaram aos ouvidos do rei Mátyás II, György Thurzó, amigo da família e recém nomeado palatino — mesmo papel que Tamás Nádasdy, pai de Francisco, ocupou —, foi encarregado do caso.

10 O conto da *Branca de Neve* na versão dos Irmãos Grimm foi publicado pela Pandorga na coletânea de contos de fadas "O livro vermelho" de Andrew Lang. Verifique a disponibilidade em nossos canais oficiais. (N. E.)

VII.
O inquérito

Assim como Elizabeth, Thurzó tinha uma educação excepcional, tendo como companheiro de estudos em Viena o príncipe Ernst Habsburgo. György era um humanista por excelência, formado em direito, conhecia Latim, Alemão, Húngaro e Eslovaco. No campo político também era um homem de rara acuidade, sabendo balancear as relações tanto com católicos como protestantes, ele parecia a escolha óbvia para a posição de palatino, uma espécie de primeiro-ministro. Dentro deste cargo, uma das responsabilidades era tratar da justiça e das autoridades policiais. Esta posição era fruto de todo um processo: O Renascimento.

Com a urbanização e crescimento populacional, o começo do período moderno experienciou uma mudança de paradigma no sistema jurídico. Onde antes o Direito Canônico e os membros da aristocracia basicamente eram a lei, surgem novos códices que combinavam Direito Romano, costumes locais e precedentes provenientes da tradição oral. Em um período em que a secularização, isto é, separação entre Igreja e Estado, ainda estava muito distante, esse sistema de leis escritas não abriu mão de alguns elementos do Direito Canônico. Esse processo resultava em um sistema jurídico bastante centralizado, em comparação com o modelo medieval, o que tirava o poder da nobreza e o apontava ao Estado recém-nascido. E a centralização de poder não ocorreu tão rapidamente quanto em outros países da Europa ocidental, isso se deve à estrutura dual do governo húngaro até o século XIX. Se aprovado pela Dieta Húngara, o herdeiro aparente ao trono do Sacro Império Romano era apontado como rei da Hungria, jurando em sua coroação o equilíbrio de poder entre o trono e a nobreza local.

A mudança deste sistema jurídico também trouxe uma novidade que aplicamos até hoje. O modelo medieval punha o ônus da prova na parte reclamante, isto é, se um indivíduo acusa outro de um crime, ele deve apresentar provas que substanciem sua denúncia, enquanto no novo modelo uma denúncia era feita e juristas e inquisidores começavam o processo investigativo.

O sistema era caro, extremamente invasivo e não garantia justiça, sendo assim, só os membros mais ricos da sociedade o usavam, e mesmo assim, quando o sistema não funcionava ou não tinha os resultados desejados, violência pelas partes era uma solução. Não é preciso dizer que a linha entre justiça e vingança sempre foi muito tênue. A relação de György com o caso também era muito complicada, o desejo de morte de Francisco Nádasdy foi que Thurzó cuidasse de sua esposa — quem ele agora deveria investigar — e de seus filhos.

Não só isso, a relação dele como Elizabeth era muito cordial e afetuosa, comparecendo nas festividades, frequentando as residências um do outro e tratando-se nas cartas por "primo" e "prima". A relação deles era tão próxima, de fato, que alguns autores sugeriram que eles teriam tido um caso, contudo, isso também não pode ser substanciado. Por conta dessa proximidade, György tentou, em um primeiro momento, colocar Elizabeth em um convento. Colocar a condessa em um lugar cheio de mulheres, em sua grande maioria jovens e de posições sociais inferiores, seria tão desastroso quanto deixar o cofre aberto para os ladrões. Lá ela deveria ficar até que a história perdesse relevância e o interesse pelo caso diminuísse, ou seja, até que a poeira abaixasse. Contudo existiam outras forças guiando o caso: os interesses reais.

Ainda que a família Báthory tivesse passado por dificuldade, chegando até mesmo a ter que vender alguns de seus castelos, a condessa ainda era extremamente rica, e mais importante ainda, o rei Mátyás II devia a ela. Caso Elizabeth fosse considerada culpada, as dívidas do rei seriam perdoadas e, no melhor dos casos, ele obteria controle de suas propriedades. O rei também tinha motivos políticos para tirar Elizabeth do tabuleiro. Gábor Báthory, primo de Elizabeth e *voivode* da Transilvânia,[11] estava arquitetando uma revolta contra os Habsburgo, apoiadores do rei, por meio de uma aliança com os turcos. Ela estava financiando seu primo há alguns anos, que já tinha abocanhado parte da fortuna de Estefano, o irmão mais velho da condessa. A família toda estava envolta em uma grande conspiração para derrubar o rei e, tirando a condessa de cena, faria com que todo este castelo de cartas desabasse, garantindo assim a manutenção do poder nas mãos de Mátyás e a unicidade do Império.

O ano de 1610 começou com a celebração do casamento de Katalin justamente no castelo de Csejthe, com a participação de diversos membros da nobreza. Só podemos imaginar as conversas que aconteciam a portas fechadas em meio a este redemoinho político. Elizabeth mais uma vez repetiu o padrão e executou seu costumeiro passatempo calmante de torturar garotas quando nervosa em ocasiões especiais. Duas testemunhas contam que ela torturou e queimou duas garotas pouco antes do casamento, quando diversas testemunhas do vilarejo relataram ver os cadáveres sendo retirados. Outras testemunhas contam que ouviram boatos reveladores acerca das garotas desaparecidas que frequentavam o Gineceu. De todo modo, o inquisidor Mózes Cziráky começaria os interrogatórios no dia 25 de março.

---

11 *Voivode* é um título dado em vários países eslávicos, será explicado mais detalhadamente na seção "*Vlad, O Empalador*". (N. E.)

Por volta de junho, as investigações já tinham avançado o suficiente para preocupar os genros de Elizabeth, os barões György Drugeth e Miklós Zrínyi, a ponto de procurarem György Thurzó para saber se existia alguma forma de controlar o escândalo. O palatino então os informou de seus planos para enviá-la a um convento ou em prisão domiciliar, perguntando se poderia contar com os jovens, que aceitaram imediatamente e já começaram a se preparar para controlar a fortuna que chegaria em suas mãos com a interdição de Elizabeth. A condessa descobriu os planos e, prevendo o resultado, preparou-se para sua última jogada, era tudo ou nada.

Uma das garotas que havia sido morta por Elizabeth foi a jovem nobre Zsuszana Hernath. Em agosto de 1610, Elizabeth fez algo que ninguém esperava: apareceu na corte de Eisenburg com a mãe da garota, uma viúva, ao seu lado. Passado o choque inicial, todos prestaram atenção ao que a velha Hernath tinha a dizer. De acordo com ela, sua filha havia morrido de causas naturais. Apesar de ousada, a jogada não funcionou como o esperado. A mãe da garota, na posição de viúva, era suscetível a um suborno ou mesmo poderia ter sido ameaçada pelos cúmplices de Elizabeth, o que a corte deve ter rapidamente percebido. Tudo indica que a condessa também farejou seu fracasso e se retirou de cena, para logo depois escrever seu testamento.

No mesmo período em que dirigia o Gineceu, Elizabeth, já com 50 anos, se preparava para o pior e ditou seu testamento, que reproduzimos integralmente abaixo:

Eu, nobre e graciosa Elizabeth Báthory, viúva do também nobre e gracioso Francisco Nádasdy, coberto pela graça divina, agora em idade avançada e sem forças, em um estado doente, vejo-me obrigada a cuidar destes assuntos que me causam um terrível sofrimento por conta do falecimento de meu abençoado e amado marido, o que me enfraquece cada dia mais. Preocupei-me muito e incansavelmente com meus três amados filhos quando as responsabilidades de custódia e criação de minhas duas meninas solteiras e meu filho que ainda não tinha um tutor caíram sobre minhas mãos enviuvadas. Até o momento, com a graça de deus, por meio de constante carinho e amor materno, a despeito de minha viuvez, pude garantir seu bem-estar. Minhas meninas, Anna e Kata, em especial, com a graça de Deus todo poderoso em sua infinita bondade, tiveram muita sorte, louvado seja Seu nome, pois ele provê para todos os órfãos e viúvas. Eu provi decentemente para com minhas meninas quando foi necessário, e quando se casaram, os pais dos noivos arcaram com as custas do casamento — minha mais velha, Anna, uniu-se ao bem-nascido Miklós Zrínyi, e Kata com o ainda melhor nascido György Homonnay, nesta ocasião paguei pelas despesas e tratei de resolver todas as questões. Também cuidei, graças à benevolente ajuda de Deus, louvado seja Seu divino nome, da educação de meu filho Pál Nádasdy, para que ele, assim fez Deus, assumisse de maneira apropriada e com as custas pagas o cargo de chefe do condado de Vaz aos doze anos de idade.

E por ter cuidado destes assuntos, minha mente que agora falha, agradece a força e a benevolência de Deus, diariamente e sem descanso ainda posso pensar no fim de minha vida terrena, e de todo coração decidi que pelo resto de minha vida pensarei apenas no sagrado e benevolente

Senhor, o Salvador, o Criador, e Lhe provarei minha gratidão. Por isso, renuncio às minhas preocupações terrenas e declaro por meio deste testamento que renuncio ao cuidado e posse das propriedades de meu pai pelos meus filhos, incluindo todos os bens móveis e imóveis, e de hoje em diante não quero mais me preocupar com essas coisas, exceto pelos administradores, assistentes e outros servos fiéis que meu marido, que Deus abençoe sua memória, confiou aos meus cuidados e custódia.

Já que a porção paterna ainda não foi dividida entre meus filhos, e considerando que minhas filhas vivem com seus maridos em terras distantes, e Pál, meu filho, vive comigo, lego a ele a posse dos bens e assim será até que Deus permita que meus três filhos possam se juntar para dividir os bens com a ajuda de seus parentes muito devotos e tementes a Deus e os amáveis vizinhos com quem esse acordo foi feito.

Assim, peço que minhas filhas e genros esperem até que seu irmão chegue à idade correta antes de distribuir os bens relativos a Sárvár, Kapuvár, e Leka e que não sofram com a divisão. Que eles possam achar uma maneira equitativa de divisão, de modo que os direitos de quem sobreviver aos outros não sejam diminuídos. O resto dos bens, tanto a porção paterna quanto a materna, estão espalhados pelo resto deste país, e não importando onde estejam, devem ser divididos em três partes. Quanto ao meu vestido de noiva (castelo de Csejthe, ganhado em seu casamento), usarei este até minha morte; que honra seria permitir que meus três filhos, em sua divisão dos bens, não pagassem nada a ninguém, pois eu no momento possuo os bens que chegarão às suas mãos.

Quanto às posses herdadas por meio de meu pai e minha mãe, tudo que eu já possuí e tudo que um dia poderia pertencer a mim como herança, seja em virtude de sangue, ou por meio de um testamento, abençoado por meus pais ou irmãos, tanto quanto eu pudesse reclamar — transfiro todos os direitos a essas heranças aos meus filhos: Anna Nádasdy, Kata Nádasdy e Pál Nádasdy, a quem também transfiro todos os meus castelos, bem como suas rendas. também incluo todas as propriedades que tive desde minha infância; também ponho em suas mãos todas as escrituras, títulos e cartas, como manda o decreto, e que a lei fornece. As peças de ourivesaria eu deixo a Pál Nádasdy, posto que minhas duas filhas já receberam sua parte; i.e., anéis, brincos e todo resto. Também deixo todos os meus bens móveis, prataria, gemas e qualquer outra coisa aos meus filhos, para serem divididos em três partes iguais, exceto os arreios dos cavalos e armas, posto que já foram legados ao meu filho, Pál Nádasdy.

Estas são minhas ordens e meu último testamento, com alguns nobres importantes, que vieram de acordo com seu livre arbítrio, para que fossem testemunhas das minhas ordens e último testamento, com a garantia de que as palavras aqui escritas saíram de minha própria boca, com as seguintes testemunhas:

Bálint Récsey de Gátosháza
Kristóf Cicheo de Gulács
Márton Szopory de Folso-Szopor
István Tompa de Bódogfalva
János Bácsmegyei de Simaháza
Gergerly Piterius, um pregador de Keresstúr
Benedek Deseo de Harasst
Gergerly Pásstori de Bozd
Vid Andy de And
Miklós Madarász

Este testamento foi ditado em Keresstúr
3 de Setembro de 1610

Elizabeth Báthory

Depois de assinar esse testamento, Elizabeth coletou alguns itens e partiu para Csejthe antes que o inverno chegasse e as estradas ficassem intransitáveis. Se excluirmos toda a formalidade religiosa e jurídica do testamento, fica muito claro que Elizabeth queria passar o resto de seus dias em sua propriedade, legando todo o resto a seus filhos. O processo que tomou lugar logo depois garantiu que isso, de fato, acontecesse.

O testamento reproduzido acima, que foi ditado, e não escrito de próprio punho, é uma das últimas correspondências pessoais de Elizabeth antes do inquérito e do processo que levaria à sua prisão, isso quer dizer que, a partir de agora, teremos que nos apoiar somente nos autos e relatos das testemunhas. Tudo parece apontar para o fato de que seu destino já estava selado e ela sabia muito bem disso.

VIII.
A condenação

Por volta de junho de 1611, o notário András Keresztúr colocou em ordem todos os testemunhos de 224 pessoas, de todas as camadas sociais e de todas as propriedades de Elizabeth, além dos testemunhos de seus quatro cúmplices, que foram obtidos sob tortura — é interessante lembrar que o grupo de guerreiros liderados por Francisco Nádasdy também tinha cinco membros e era conhecido como o "quinteto infernal", tendo Elizabeth emulado o seu próprio "sexteto infernal", que, depois da morte de Anna Dorvula, tornou-se finalmente um quinteto. Todos esses testemunhos foram copiados e enviados ao rei, particularmente interessado no desenvolvimento do caso. As testemunhas expuseram não só os horrores cometidos por Elizabeth, mas também as torturas praticadas por seu marido e como ele usava de seu poder e influência para encobrir os crimes cometidos pela esposa, revelando que muitos membros da nobreza e do clero também o ajudaram nessa tarefa. As acusações foram tantas e tão hediondas que o tutor de Pál se viu em uma posição extremamente vulnerável, pois, após ter passado tantos anos na casa sendo omisso em relação aos crimes, ele poderia ser facilmente acusado como cúmplice, colocando também o futuro de seu jovem pupilo Pál em risco. Todas as testemunhas descreviam situações parecidas e a verdade foi sendo revelada.

O rei, embasbacado com tudo aquilo, foi obrigado a diminuir suas expectativas — o que certamente não o agradou — e aceitar a solução proposta por Thurzó, na qual Elizabeth seria isentada de um julgamento aberto, contanto que ela fosse condenada à pena perpétua em vez da pena capital, ou seja, pena de morte. A vantagem do monarca era que suas dívidas com a condessa seriam perdoadas e parte de suas propriedades seriam transferidas para ele. Essa solução foi baseada na quase erradicação de Elizabeth do ponto de vista jurídico, em que os arquivos seriam selados, e seu nome se tornaria tabu em conversas da aristocracia. Essa forma de obliteração de Elizabeth visava proteger a reputação de seus familiares, vivos e mortos. Francisco continuaria sendo um herói nacional e o destino de seu filho estaria seguro assim que atingisse a maioridade. Quem também perdeu com esse acordo foi Imre Megyeri, pois agora os genros de Elizabeth foram apontados como os tutores legais do garoto.

Quando dissemos que o destino de Elizabeth foi selado, dissemos de maneira bastante literal. Logo depois do pronunciamento da sentença, um grupo de pedreiros foi enviado ao castelo de Csejthe para construir uma parede, encarcerando Elizabeth em um aposento na torre, ou, de acordo com algumas fontes, na masmorra do castelo, com apenas uma pequena passagem para comida, água e excrementos. Outras fontes discutem a autenticidade dessa passagem em um primeiro momento, afirmando que isto só ocorreu após dezembro de 1611, quando o rei impôs a aplicação da sentença. Eles argumentam que muito provavelmente se tratava apenas de uma prisão domiciliar — já que Elizabeth teria que aparecer na corte diversas vezes durantes este período —, no entanto, é difícil não ceder ao apelo de ver uma assassina tão cruel sendo emparedada em sua própria masmorra, há algo de irônico nessa reviravolta, um desfecho que se assemelha com a história do conto "O Barril de Amontillado" de Poe.[12]

---

12 Conto já lançado pela Editora Pandorga no box "Obras de Edgar Allan Poe Vol. I" e na edição capa dura "O corvo e outras histórias". Consulte a disponibilidade em nossos canais oficiais.

IX.
Os últimos anos

Sabemos que, durante os primeiros anos de seu encarceramento, Elizabeth era visitada por sua filha Kata, que frequentemente lhe levava suprimentos. Também sabemos que além de sua filha, Elizabeth Czobor, e esposa de György Thurzó, o homem responsável por seu destino, também a visitou algumas vezes, contudo por motivos diferentes do que poderíamos imaginar à primeira vista. Elizabeth Czobor começou a roubar as joias de Elizabeth, e, se o ditado diz que "pecado é roubar e não conseguir carregar", no caso de Czobor, ela seria quase imaculada de pecado, pois conseguiu carregar muito e, de fato, carregou tanto que a notícia chegou aos ouvidos da suprema corte húngara, que emitiu uma ordem para que György Thurzó segurasse sua esposa. Assim como a existência jurídica de Elizabeth foi praticamente apagada, sua existência na memória coletiva também começou a desaparecer, recebendo menos visitas a cada dia.

Depois de ter sido considerada, para todos os efeitos, "legalmente morta", aproximava-se a hora da morte real de Elizabeth. Em julho de 1614, três semanas antes de morrer, ela chamou dois padres ao castelo de Csejthe para fazer um acréscimo ao seu testamento: a condessa queria garantir que Homonnay, seu genro que havia conspirado com Thurzó, não recebesse nada, pontuando que Katalin deveria tomar posse da cidade de Keresztúr, e não seu marido. Contudo essa jogada também não funcionaria, alguns dias depois, Pál, agora com 16 anos, transferiria um terço das propriedades de Csejthe e Beckov para Homonnay, que estava atuando como seu tutor.

E nos aproximamos do fim. Em 21 de Agosto de 1614 Elizabeth teria reclamado de sua circulação. Podemos imaginar a condessa passando uma das mãos através da portinhola e dizendo a seu carcereiro:

— Segure minhas mãos, sinta como elas estão frias!

Ela morreu nessa mesma madrugada e seu corpo só foi achado na manhã do dia seguinte. György Thurzó recebeu a notícia três dias depois por meio de uma carta enviada por Stanislav Thurzó:

"[...] A morte da senhora Nádasdy e como ela partiu deste mundo já devem ser de seu conhecimento. De noite ela disse ao carcereiro: "Segure minhas mãos, sinta como elas estão frias!" Então o carcereiro respondeu: "Não é nada senhora, só se deite e durma." Então ela foi dormir, colocou o travesseiro entre as pernas, se deitou e dormiu na mesma noite. De manhã acharam seu corpo, disseram, contudo, que antes de morrer ela rezou e implorou a Deus com uma bela canção. Ainda não sabemos nada de seu funeral. Ofereço a mim e meus serviços, assim como minha esposa, a vossa excelência, sua esposa e amados filhos. Que Deus o abençoe com uma longa e saudável vida.

Postyen, 25 de Agosto, Anno Domini 1614."

Elizabeth foi enterrada em Csejthe, não sabemos com certeza, mas muito provavelmente na cripta da igreja ou no cemitério local. A população começou a reclamar que ela estava em solo sagrado e pediu a remoção de seu cadáver. Em 1617, os restos mortais de Elizabeth foram levados até a residência dos Báthory, onde foi criada. Misteriosamente, não sabemos onde eles se encontram hoje, diversas pessoas abriram as criptas em Csejthe e Nyírbátor sem encontrarem evidências da condessa.

No momento de sua morte, seus cúmplices — com exceção de Katalina Benenczky, que conseguiu escapar da execução — já haviam sido terrivelmente torturados. Dorottya e Ilona Jó foram as que mais sofreram torturas, com direito a remoção dos dedos, um por um, antes de serem executadas com uma pancada na cabeça e jogadas em uma fogueira, primeiro Ilona e depois Dorottya, que desmaiou ao ver a execução de sua companheira. O destino de Ficzkó foi menos cruel, sua idade foi considerada um atenuante pelas autoridades, sendo "apenas" decaptado antes de ser atirado à fogueira, sobre os corpos das duas mulheres, pondo um fim ao "terrível quinteto" da condessa Báthory.

Ruínas do castelo de Csejthe atualmente.

X.

O legado de Elizabeth

Hoje Elizabeth Báthory é sem sombra de dúvidas a pessoa mais famosa de toda sua família, apesar dos esforços para que sua história fosse apagada e ela fosse esquecida. Elizabeth ganhou a fama por seus crimes e principalmente pela proximidade destes crimes com toda a narrativa vampiresca. A Elizabeth conhecida é a mulher que torturou e assassinou mais de 650 garotas para obter seu sangue e nele se banhar, alegadamente restaurando sua juventude; a mulher que praticava magia negra com sua tia Klara e tinha casos com criados; a mulher que finalmente foi presa em uma das torres de seu castelo até o dia de sua morte. Como já dissemos anteriormente, é difícil separar fato de ficção na vida de Elizabeth. O que podemos fazer é apresentar obras que foram influenciadas pela vida da condessa e obras que influenciaram *uma versão* da vida da condessa, deixando que o leitor chegue às suas próprias conclusões.

Primeiro precisamos tratar dos mitos acerca dos vampiros, para, então, vermos quais são os aspectos literários de um vampiro, e, por fim, compararmos esses com a vida e os boatos subsequentes à morte de Elizabeth.

Muito antes da existência do cinema — e mesmo do *Drácula* de Bram Stoker ou da *Carmilla* de Le Fanu —, os vampiros já povoavam o imaginário coletivo por meio dos contos populares, os *folk-tales*, como algumas das histórias que seriam recolhidas pelos irmãos Grimm, cujo interesse era linguístico e cultural ao pesquisarem essas histórias, que posteriormente foram chamadas de "contos de fada", ainda que em suas versões originais as histórias sejam muito mais macabras do que as versões popularizadas pelas animações produzidas pela Disney a partir da segunda metade do século XX.

O mito do vampiro teve uma explosão de popularidade a partir dos anos de 1700, sobretudo na Europa oriental. Os relatos formavam linhas que coincidiam com as fronteiras do Império Czarista, da União Polaca-Lituânia e do Império Otomano, sendo, surpreendentemente, raros na região da Transilvânia. O vampirismo, então, pode ser visto como um fenômeno fronteiriço, produto do medo de se entrar em uma região desconhecida, com costumes diferentes e pessoas hostis.

A imagem da criatura que precisa de sangue para sobreviver também é vista na Europa ocidental muito antes dessa explosão de relatos, com o processo de cristianização, que teve seu pico por volta do ano 1000, alguns povos que ainda cremavam seus mortos em piras funerárias tiveram que mudar seus métodos, começando a enterrá-los. Um ritual no qual toda a comunidade se envolvia para destruir — não em um sentido negativo — o corpo do falecido, possibilitava a libertação da alma e dava um senso de finalidade à vida, proporcionando um pensamento do tipo "Aquela pessoa que andava entre nós não existe mais, assim como seu corpo". O enterramento por outro lado podia ser visto como apenas esconder o corpo, e de certo modo, na visão desses povos, negar a morte. Essa pode ter sido a origem de muitos relatos de mortos-vivos por toda a Europa.

Cada região tinha um nome para essa criatura, na Europa Central era *nachzehrer*, na Europa Oriental eram os *upyr* ou *upiór*, exatamente de onde vem o nome "vampiro." Esse mito se espalhou por toda a Europa Ocidental na década de 1730, por conta dos relatos de uma peste que assolou a fronteira entre o Império Otomano e o dos Habsburgo, que controlavam a região em que

Elizabeth viveu. Uma das ligações dessa peste com a literatura vampiresca é a palavra *nosferatu*, popularizada por Bram Stoker em seu Drácula, uma possível origem para a palavra vem do grego *νοσοφόρος* (*nosophoros*), ou o portador-da-peste.

Essa constante associação com a doença é um motivo perene na matéria de vampiros, do século XVIII até o começo do XIX eram comuns epidemias de vampiros, vilas inteiras entravam em histeria coletiva, desenterrando corpos e os desmembrando para quebrar a maldição. Muitas das pessoas tidas como vampiros eram apenas vítimas da tísica, doença hoje conhecida como tuberculose, que lentamente consumia seus portadores — em inglês a doença era chamada de *consumption* — levando-os a emagrecer tremendamente, deixando as bochechas vazias, a pele pálida e dando uma aparência cadavérica ainda em vida, drenando sua vitalidade, como se um parasita demoníaco o consumisse de dentro para fora, assim como Mina, vítima de Drácula, que é dita enfraquecer mais a cada dia, com as maçãs do rosto cada vez mais pronunciadas, sem sair da cama.[13]

Esses mitos falavam de corpos que precisavam sugar a energia vital dos vivos para se manterem ativos, essa concepção logo adquiriu uma conotação entre relações sexuais predatórias, sendo associadas a atividades que fugiam das normas sociais e religiosas, logo apontando para relações homoeróticas, homoafetivas ou homossexuais.[14] O vampiro, então, tornou-se um agente que levava ao pecado, uma figura transgressora extremamente sedutora,

---

13 A edição vitral do *Drácula* Bram Stoker foi lançada pela Editora Pandorga em uma versão *black*, com nova revisão e formato de luxo. Consulte a disponibilidade em nossos canais oficiais.

14 A diferença entre esses três termos é tênue. O homoerotismo pode se tratar de relações entre parceiros do mesmo sexo sem envolver necessariamente o ato sexual propriamente dito ou o uso do órgão genital. Trata-se de relações homoafetivas quando há laços de sentimento romântico entre pessoas do mesmo sexo, sem envolver necessariamente contatos eróticos ou sexuais. E relações homossexuais são relações sexuais entre o mesmo sexo sem envolver necessariamente relações de sentimento romântico. (N. E.)

algo que as representações modernas no cinema e na literatura conseguem captar e transmitir de maneira extraordinária.

Já o vampiro no mundo literário é uma releitura dessas lendas e tradições orais com o olhar idealista do mundo romântico. Alguns aspectos essenciais nas narrativas vampirescas são: uma figura mais velha — e considerando a imortalidade, ser mais velho que uma pessoa viva não é uma tarefa difícil para um vampiro — representando valores imorais, a corrupção da alma; e uma figura mais jovem, e de preferência virgem, que tem sua inocência, virtude e moralidade destruída pela figura mais velha, que em algumas ocasiões assume o papel de mentora. Vemos esses elementos claramente na história de Elizabeth, sua relação com sua tia Klara, até mesmo nos aspectos mais extraordinários, seguem perfeitamente este esquema. A relação de Elizabeth com as garotas também. Elizabeth já era uma mulher mais velha quando começou seus assassinatos, todas as suas vítimas eram jovens com menos de 18 anos, tendo a grande maioria sido entre 10 e 14 anos.

Outro aspecto de interesse apontado por essa relação desproporcional é a diferença de classe que a figura do vampiro ocupa em relação a sua vítima, o vampiro é uma criatura quintessencialmente aristocrática, temos o *Conde* Drácula, o *Lorde* Ruthven de Polidori,[15] a *Condessa* de Karnstein (Carmilla/Mircalla) e a própria *Condessa* Elizabeth Báthory. Ele explora suas vítimas para viver indefinidamente e manter sua posição social por toda a eternidade, assim como Elizabeth que matou centenas de camponesas e era mesmo protegida pela lei, pois as garotas eram consideradas *recursos* a serem utilizados em suas propriedades, basta lembrar que o termo jurídico utilizado para se referir a essas garotas era *robot*, que deu origem a palavra robô, um autômato feito

15 O conto *O vampiro* de John William Polidori foi publicado pela Editora Pandorga na mesma edição de *Carmilla*. Consulte a disponibilidade em nossos canais oficiais. (N. E.)

para realizar alguma tarefa ou trabalho braçal. Podemos supor que essa ligação dos mitos vampirescos surge dos próprios camponeses, que se veem menos importantes, tendo como única função de suas vidas darem suporte à existência de seus senhores.

Essa ligação literária entre a figura do vampiro com uma posição social elevada tem sua primeira ocorrência na novela "O Vampiro" de John William Polidori, o autor se baseia em Lord Byron para construir seu vampiro, trazendo também vários dos atributos do poeta, que é descrito como alguém que frequentava cemitérios a noite e usava crânios humanos como taças para beber vinho. Também trouxe o aspecto decadente do vampiro, que, assim como o nobre, vive em meio ao passado, nas propriedades construídas por seus ancestrais há muito tempo, e que se juntará aos seus ancestrais em sua morte quando for posto no mausoléu da família. O aspecto do ócio é permitido apenas àqueles que possuem recurso para aproveitar seu tempo, que não precisam acordar cedo, e, portanto, podem passar as noites bebendo vinho no cemitério.

Tanto a imortalidade dos vampiros como sua posição social podem indicar um desejo dos mais ricos em viver para sempre, mesmo hoje, bilionários investem em projetos que visam estender sua longevidade, para que possam estender os privilégios que suas riquezas proporcionam indefinidamente. Nos séculos passados isso não era diferente, os mais ricos investiam nos mais variados tratamentos médicos, Kimberly Craft aponta para a hipótese de que a condessa Báthory descontava sua raiva nas garotas após momentos de grande tensão,[16] seria essa uma forma de terapia primitiva que só podia ser utilizada pelos membros da sociedade que tinham posição e recursos de se darem ao luxo de cometer essas atrocidades sem punição?

---

16 CRAFT, K. *Infamous Lady: The True Story of Countess Erzsebet Bathory*. Lexington: Kimberly Craft, 2009.

Diversos críticos apontam similaridades entre *Christabel* — um fragmento poético de Coleridge dito ser o primeiro poema de vampiros da história — e *Carmilla*. É interessante notar que Coleridge dá o nome de Bethlen Báthory a uma personagem de sua peça *Zapolya*, seria essa uma indicação de que o poeta romântico tropeçou em algum antigo volume que tratava da história húngara e ficou tão fascinado com a história da condessa — assim como muitos ficam até hoje — e nela baseou a personagem de sua peça? Teria Carmilla uma ligação direta com a história da condessa sangrenta?

Outra similaridade é a ligação entre a magia negra e a mudança de forma, Elizabeth era dita capaz de invocar criaturas e mesmo o diabo contra seus inimigos, assim como Carmilla assume a forma de um gato monstruoso para atacar Laura. A ligação de Elizabeth com a magia é ainda mais forte quando nos lembramos que György Thurzó foi indicado pelo rei para investigar Elizabeth em relação a "assassinato em massa, bruxaria, e alta traição ao rei". Só depois da investigação seus crimes foram revelados e a condenação se deu pelo "massacre de virgens". Sua sentença então dizia que ela devia ser emparedada em seu castelo. A morte por assassinato de seu sobrinho Gábor, que conspirava contra o rei e era financiado por Elizabeth, significou o fim de sua linhagem. De forma muito parecida com a condessa Mircalla Karnstein, o nome real de Carmilla, que teve sua família, os Karnstein, extinta.

Uma outra semelhança entre Carmilla e Báthory é que, na obra de Le Fanu, encontram a vampira imersa em um caixão cheio de sangue, assim como Báthory ficou conhecida por banhar-se no sangue das garotas que matava. Esse mito — ou não tão mito assim — de que Elizabeth se banhava em sangue foi iniciado pelo padre jesuíta László Turóczi, em sua "Tragica Historia" de 1729, mais de um século depois da morte de Elizabeth. Aparentemente, o motivo do banho seria pelas propriedades mágicas contidas no sangue das jovens, as quais proporcionariam um efeito cosmético de rejuvenescimento à condessa. Essas atrocidades em nome da vaidade só tiveram um fim quando ela foi emparedada em seu castelo. Os elementos de lesbianismo, vampirismo, consumo de sangue e exploração de jovens virgens estão todos na história de Carmilla, bem como na da condessa Báthory.

O impacto cultural causado pela condessa e por todas as lendas a seu respeito é incalculável. Talvez sua história continue

Ilustrações de H. J. Ford e Lancelot Speed, para edição de 1891 do poema Christabel de Samuel T. Coleridge.

a nos fascinar justamente por ser tão paradoxal, uma mãe preocupada com o bem-estar de seus próprios filhos, mas que não hesitava em matar e torturar cruelmente filhas e irmãs de camponeses e nobres, chegando, de acordo com algumas fontes, a ter feito mais de 650 vítimas. Uma mulher extremamente educada que atraía a admiração de membros da nobreza em público, porém que causava horror ao torturar garotas em rituais de magia negra em sua masmorra. Uma mulher com poder e dinheiro o suficiente para fazer com que o rei da Hungria e futuro imperador fossem seus devedores e tivessem medo de sua influência sobre a política contemporânea, mas que acabou presa em seu próprio castelo, lugar que se tornou a prisão de seus próprios pecados. Essa é a história da Condessa Elizabeth Báthory, ou como ficou conhecida, a Condessa de Sangue, ou **Condessa Drácula.**

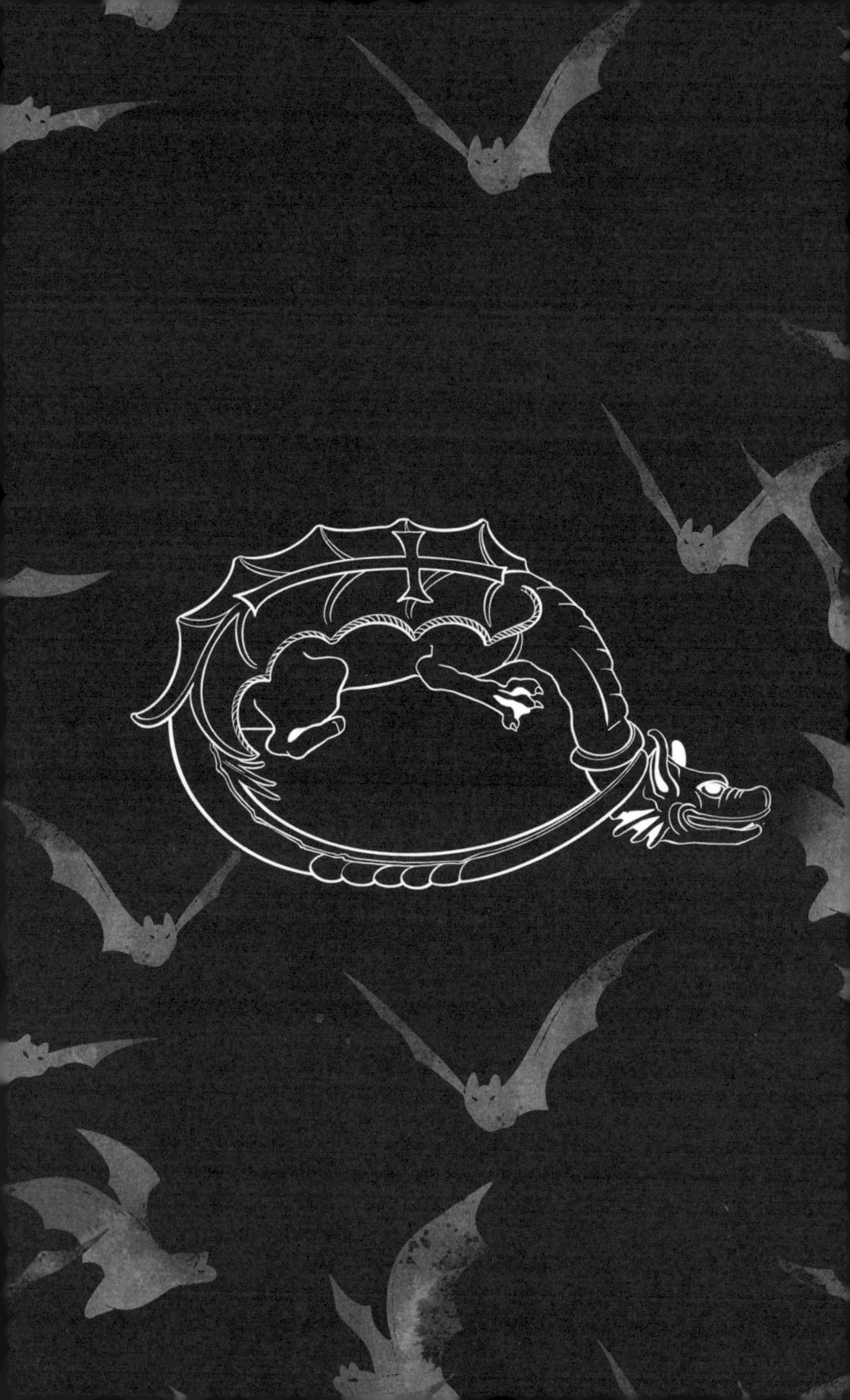

Príncipe Vlad Tepes

Pintura a óleo de Vlad Țepeș no Palácio de Ambras, Áustria, datada de 1560. Alegadamente é uma cópia de um original pintado em vida.

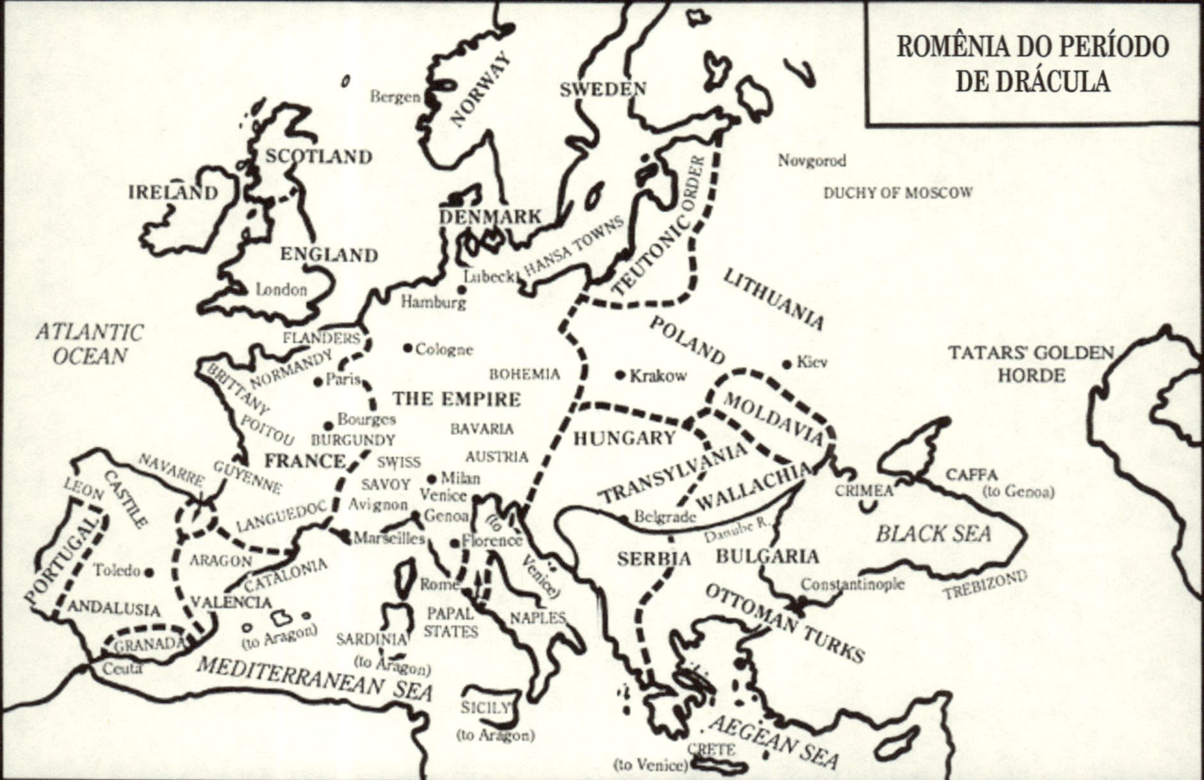
ROMÊNIA DO PERÍODO DE DRÁCULA
ATLANTIC OCEAN
IRELAND
SCOTLAND
ENGLAND
London
Bergen
NORWAY
SWEDEN
DENMARK
Lubeck
HANSA TOWNS
Hamburg
TEUTONIC ORDER
Novgorod
DUCHY OF MOSCOW
LITHUANIA
POLAND
Krakow
Kiev
TATARS' GOLDEN HORDE
FLANDERS
NORMANDY
BRITTANY
Paris
Cologne
BOHEMIA
THE EMPIRE
Bourges
BURGUNDY
POITOU
BAVARIA
AUSTRIA
FRANCE
SWISS
SAVOY
Milan
Venice
Avignon
Genoa
GUYENNE
NAVARRE
LEON
CASTILE
PORTUGAL
LANGUEDOC
Marseilles
Florence
(to Venice)
HUNGARY
MOLDAVIA
TRANSYLVANIA
WALLACHIA
CRIMEA
CAFFA
(to Genoa)
BLACK SEA
Belgrade
Danube R.
SERBIA
BULGARIA
Constantinople
TREBIZOND
OTTOMAN TURKS
Toledo
ARAGON
CATALONIA
VALENCIA
ANDALUSIA
GRANADA
Ceuta
(to Aragon)
Rome
PAPAL STATES
NAPLES
SARDINIA
(to Aragon)
MEDITERRANEAN SEA
SICILY
(to Aragon)
AEGEAN SEA
CRETE
(to Venice)

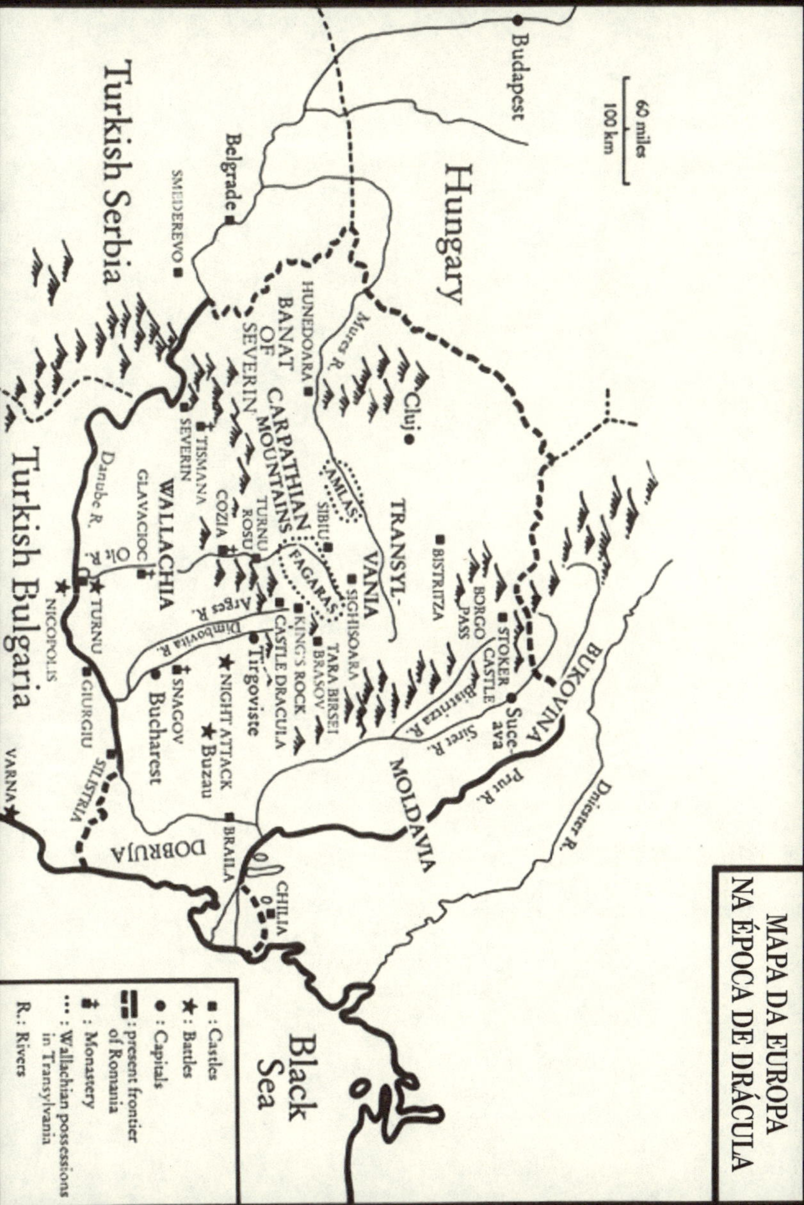

Os dois mapas foram extraídos de FLORESCU, R. R.; MCNALLY, R. T. Dracula, Prince of Many Faces: His Life and his Times. Boston: Back Bay Books, 1989.

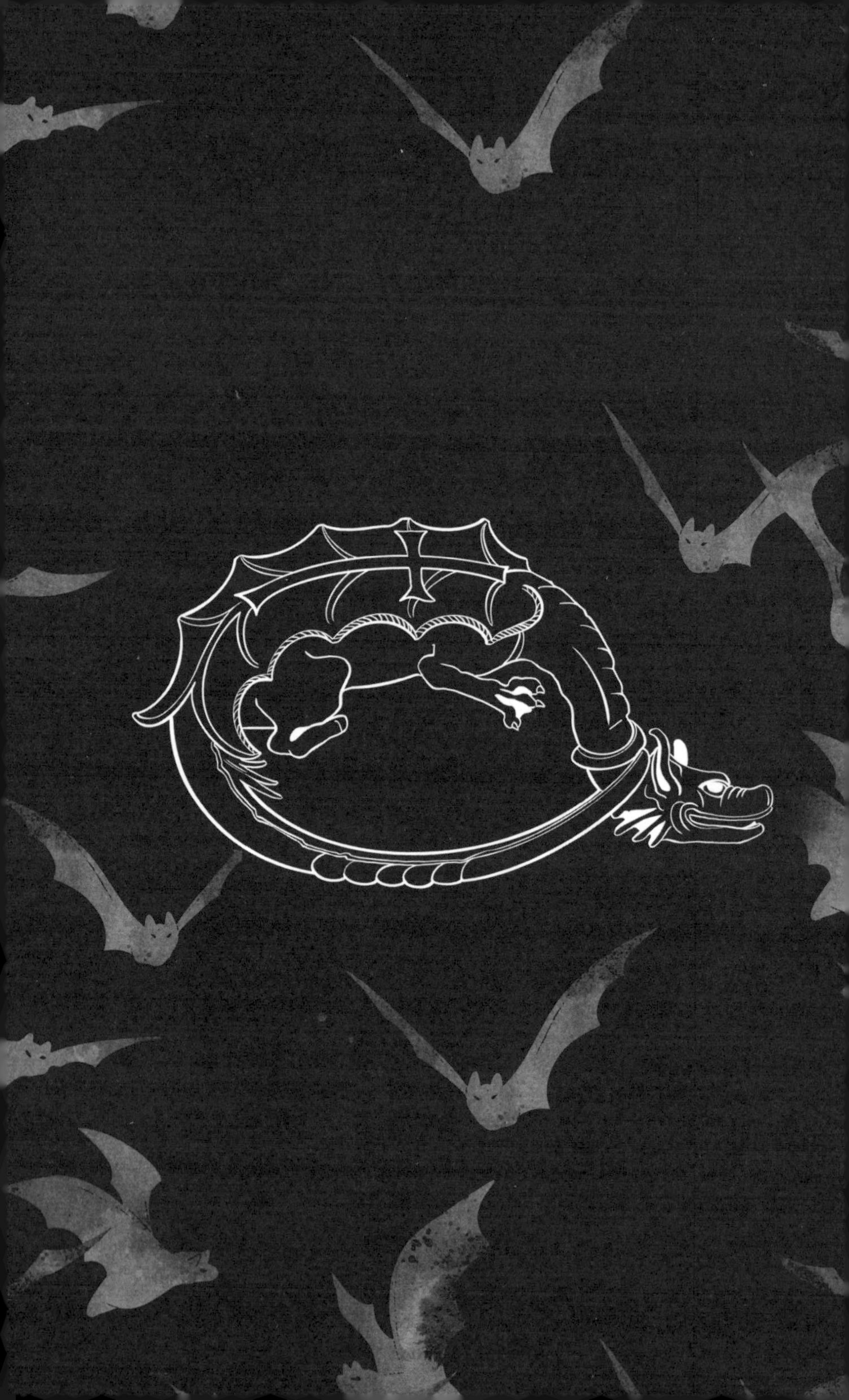

I.
Introdução

Príncipe, guerreiro, impiedoso, empalador, monstro...
vampiro.

Um homem que matou entre 40 e 60 mil pessoas. Esses foram alguns dos termos usados para definir Vlad III, o empalador, príncipe da Valáquia — uma província romena ao norte do rio Danúbio, que age como sua fronteira ao sul e ao leste —, o qual serviu de inspiração para a criação do Conde Drácula sob a pena do autor irlandês Bram Stoker.

Ainda que digamos que Vlad foi um príncipe, a palavra usada em romeno e húngaro é *voivode*, as vezes aportuguesada como *voivoda*, e seu significado paira entre algo como príncipe e duque, posição que fica abaixo do monarca e acima de um marquês. Nasceu 129 anos antes que Elizabeth Báthory, em 1431, ano em que seu pai, até então ocupado protegendo dos turco-otomanos a passagem das montanhas dos Cárpatos, foi chamado a Nuremberg pelas autoridades do Sacro Império Romano, onde o imperador o admitiu na Ordem do Dragão, ordem militar e cavaleiresca criada em 1408 por Sigismundo de Luxemburgo, então rei da Hungria e futuro imperador, e dedicada a defender toda a cristandade oriental dos ímpios muçulmanos. Assim, portanto, ficou conhecido em sua província como Vlad II *Dracul*, para nós, Vlad, o Dragão, título que seu filho também recebeu, tornando-se o "filho do Dragão", sempre assinando seu nome como Wladislas Dragwila, seus pares também escreviam seu nome como *Dragkwila*, *Dragulea*, *Dragolea* e *Draculea*, acrescentando o "a", marcador de diminutivo em romeno. Dessa forma, Drácula seria entendido tanto como patronímico quanto como algo nas linhas de "pequeno dragão". Em romeno moderno, a palavra *drac* tem uma conotação muito mais sombria, ela significa "demônio". Quando Sigismundo morreu em 1437, a ordem acabou perdendo sua importância até desaparecer por completo.

Sigismundo de Luxemburgo, Rei da Hungria
e Sacro Imperador.

Já para Vlad II, o pai, o sentido de diabo lhe caía, de fato, como uma luva, pois era extremamente fogoso, e mesmo sendo casado com a princesa Cneajna, filha de Alexandre, o Bom, príncipe da Moldávia, ele mantinha várias concubinas. Vlad talvez fosse filho de uma delas e possuía três irmãos, Mircea II, Vlad Calugarul e Radu III, o Belo. Vlad Calulgarul era filho de uma concubina que acabou abandonando Vlad II e se tornando freira, seu filho seguiu o mesmo caminho de devoção e viria a ser conhecido como Vlad, o Monge. Enquanto isso, nosso Vlad III seguiu o caminho do pai, e ao todo casou-se três vezes.

Mas a família de Drácula não começava com seu pai, ele vinha de uma longa linhagem de líderes, nobres e guerreiros, o primeiro deles, de acordo com os registros genealógicos foi Basarab, o Grande (1310-1352), governante da Valáquia em seu tempo, e assim como seu descendente, seu nome está ligado a diversas lendas. É interessante notar que Basarab tinha raízes orientais, não romenas. O brasão da família mostra algumas figuras dançando em vitória, sinal de suas inclinações bélicas.

O mais famoso dos Basarab foi Mircea, o Velho, o avô de Drácula, governante da Valáquia por mais de trinta anos. Se até para padrões modernos isso é um longo tempo, na Romênia

Vvalachia maior. Vvalachia minor.

Brasão da família de Basarab.

medieval se tratava de um verdadeiro feito. Ele ajudou a expandir o que era a Romênia, e o país acabaria se estendendo do rio Danúbio até as montanhas, e da foz do Danúbio até o Mar Negro, onde ficavam os dois ducados da Transilvânia. Ele também se esforçou para concluir a construção de castelos e fortalezas, que ao mesmo tempo fortificavam e tornavam mais fácil a defesa de seus territórios. Mas Mircea também sofreu na mão dos turcos, em duas ocasiões ele foi gravemente derrotado e humilhado pelos inimigos, pela primeira vez, em 1393, quando os turcos conseguiram anexar a Bulgária, e quando o príncipe teve de assinar um tratado de aliança com Sigismundo de Luxemburgo em 1395. O tratado postulava que Mircea deveria se juntar à cruzada contra os otomanos, e foi um desastre completo. Ignorando os conselhos de Mircea, Sigismundo mandou suas tropas de soldados rasos — mais camponeses do que soldados— atacarem a fortaleza de Nicópolis. Tiveram de sair em debandada, vários foram feitos prisioneiros, inclusive um primo do rei da França.

Quando os turcos foram atacados pelo outro flanco, Mircea aproveitou a oportunidade para dar um golpe, convencendo seu genro, Musa Çelebi, filho do sultão Bayezid, a derrubar seu pai. O plano funcionou e foi a grande vitória de Mircea, contudo, como é comum nos grandes impérios, Musa foi assassinado em 1413 por seu irmão, Mehmed I, que tinha apoio do imperador em Constantinopla. Alguns anos depois, Mircea foi forçado a abaixar a cabeça e aceitar a suserania de Mehmed, pagando 3 mil ducados de ouro ao sultão.

Pouco sabemos, no entanto, do início da vida de Vlad II. Nascido em 1395, na Valáquia, provavelmente passou a sua juventude entre cortes e grandes cidades. Provavelmente aprendeu várias línguas, o que era necessário para sobreviver nesse mundo das cortes, em que visitantes de terras longínquas, casamentos arranjados, e negociações atentas deveriam ser estabelecidas. Nesse espírito, ele lutou contra todos os seus irmãos ilegítimos e um de seus primos, a situação foi tão dura que criou uma rivalidade conhecida como "Drácula-Danesti", a história ficou tão famosa que até o papa Pio II escreveu sobre ela.

Para vencer a disputa ele buscou apoio em Ladislas II da dinastia Jagiello, que se tornara imensamente poderosa com a união entre a Polônia e a Lituânia. Por fim, com muita diplomacia, ele conseguiu assegurar seu trono e ganhar aliados, ainda que fazendo muitos inimigos por todos os lados.

Logo após, ele foi para Constantinopla, onde a corte, por seu luxo e tradição, o atraiu tanto que ele chegou a pensar em abandonar tudo para viver lá. Mal sabia ele que em breve até essa capital milenar cairia pelas mãos dos turcos. Outro motivo que pode tê-lo atraído são as inúmeras princesas que lhe foram apresentadas, chegando a ter um breve caso com uma grega.

Em 1431, mesmo ano do nascimento de seu filho, ele foi chamado para ir até Nuremberg, onde 24 seletos membros das mais distintas famílias e casas reais europeias seriam investidos com a Ordem do Dragão, dentre os membros podemos citar o rei Alfonso de Aragão e Nápoles, Stepfan Lazarevic da Lituânia e seu primo, Ladislas Jagiello. Os membros da ordem também receberam duas capas, uma verde, como a carapaça do dragão, que era usada sob vestes vermelhas, simbolizando o sangue dos mártires, e uma capa preta, que deveria ser usada nas sextas-feiras e na Semana Santa, esta mesma capa preta serviria de inspiração para o Drácula de Bram Stoker. O símbolo do dragão viria a ser estampado em moedas, levando a todos o conhecimento disso, e as massas, influenciadas pela iconografia ortodoxa, imediatamente o apelidaram de "diabo".

Ladislas II Jagiello, posteriormente Rei da Polônia, também foi selecionado como membro da Ordem do Dragão.

II.

Primeiros anos

Pelas descrições e retratos pintados ainda em sua vida, podemos ter uma ideia de como era Vlad, um homem baixo com um rosto fino e comprido, um tremendo bigode encimado por seu nariz longo e reto, olhos verdes e sobrancelhas hirsutas. Os documentos também nos informam mais sobre as circunstâncias de seu nascimento — ainda que não saibamos quem foi sua mãe — em Sighişoara, na Hungria (hoje parte da Romênia), embora fontes antigas também citem a Transilvânia, mais especificamente a cidade de Târgovişte, como sua terra natal, influência, sem sombra de dúvidas, tanto de seu título como das ligações que a região tem historicamente com Elizabeth Báthory, a Condessa Drácula. A casa em que nasceu ainda existe, e durante os séculos teve muitos usos, mais recentemente foi sede de um asilo para idosos e hoje abriga um restaurante com temática medieval.

É claro que essa descrição de um homem sisudo, de aparência tão cruel quanto seu temperamento, não deve corresponder à figura de Vlad em sua infância. É muito provável que ele e seu irmão mais novo, Radu, tenham sido educados por intelectuais romenos ou gregos, isto é, bizantinos vindos de Constantinopla. A educação incluía o latim e os clássicos gregos, como era comum na época, assim como matemática, filosofia, línguas eslavas, alemão e, evidentemente, artes marciais, as bases de um líder e de um guerreiro. Desde pequeno eles foram impelidos a se exercitarem, fizesse sol ou chuva, como verdadeiros espartanos.

Vlad III mandou construir a torre Chindia, que atualmente é um símbolo da cidade de Târgoviște.

É desse período que vem uma lenda, totalmente natural — não fosse sua tendência posterior de punir e empalar —, sobre como o Vlad gostava de ficar observando da janela de seu quarto os presos serem conduzidos à cadeia local.

Ao passo que Vlad era educado, brincava e se exercitava, seu pai buscava retomar o poder. Depois de muita negociação,

Sigismundo finalmente consentiu que Dracul comprasse armamentos e arregimentasse suas tropas, que vinham dos dois ducados que ele governava, finalmente ele deixaria as funções diplomáticas de lado e poderia liderar tropas. Vlad II tinha uma preferência pelos canhões, argumentando que eram a arma ideal, pois ofereciam mobilidade no campo de batalha. Um dos artesãos, mestre Leonardo, chegou a receber um troféu em virtude de seu trabalho habilidoso nessa indústria, e esse canhão ainda pode ser visto na igreja de Sibiu. Esses armamentos e regimentos não vinham de graça, e, para pagar por tudo isso, Vlad II foi autorizado a cunhar moedas, com a efígie do dragão e da águia dos príncipes da Valáquia. Essas moedas não serviriam só para pagar pelas tropas, mas também para aumentar sua fama entre o povo, e devemos nos lembrar de que ele ganhou a fama de "demônio" em grande parte por conta dessas moedas. E, assim, o príncipe marchava para reconquistar seu trono.

Apesar do apoio do rei da Hungria, Vlad II ainda precisava derrotar Alexandre I Aldea, seu meio-irmão. De nada valia o reconhecimento de Sigismundo se ele não pudesse derrubar seu irmão, suserano do sultão otomano Murad II. Só em 1436, quando soube que seu irmão já estava no leito de morte é que ele deixou Sighişoara e marchou com as suas tropas para a Valáquia, o caminho não foi fácil, vários *beys* turcos o esperavam ao longo do Danúbio,[17] quando ele finalmente chegou a Târgovişte, a capital do principado, já era dezembro. No inverno entre 1436 e 1437, ele finalmente conseguiu o que tanto queria, tornou-se o *voivode* da Valáquia, agora não só no papel, como foi ratificado em 1431 por Sigismundo, mas na prática. Depois que a poeira baixou, sua esposa e seus três filhos vieram acompanhá-lo.

---

17 Bey ou begue é um título nobiliárquico turco adoptado por diferentes governantes dentro dos territórios dos antigos Império Seljúcida e do Império Otomano. (N. E.)

Ali, Vlad começaria a desabrochar, a vida na corte de seu pai era muito mais rica, e o garoto estava começando a amadurecer. Logo aprendeu a nadar, começou a praticar esgrima, teve aulas de equitação e arquearia, todas habilidades indispensáveis para um líder militar competente. Neste período, ele também passou pelos ritos de iniciação para se tornar um cavaleiro. Se de um lado ele era ensinado a arte da guerra, do outro ele seria ensinado a se tornar um governante competente, isto é, um príncipe. Já mencionamos de passagem os estudos de Vlad III e de seu irmão Radu, agora eles se aprofundariam nessas áreas com a ajuda de um tutor. Seu pai escolhera um velho *boyar*,[18] que lutara em Nicópolis. Sabemos que Vlad Drácula aprendeu com ele italiano e rudimentos de francês e húngaro, além de ser iniciado nas humanidades e na História Antiga.

Um dos aspectos mais inovadores na educação de Vlad foi a introdução de uma disciplina que hoje chamamos de ciência política. Ainda faltava muito tempo para Nicolau Maquiavel compor seu *Príncipe*, contudo outras obras já tratavam do tema de forma mais rudimentar. Um paralelo ao adágio maquiavélico "é preferível ser temido a ser amado" seria encontrado na educação intelectual de Vlad III e mesmo em sua personalidade. Eram tempos difíceis e ele não podia — ou não conseguia — se dar ao luxo de Napoleão, que se gabou de ser tanto temido quanto amado.

No mesmo período, o sultão Murad II conseguiu anexar tanto a Bulgária quanto a Sérvia, e Vlad II sentiu os ventos de mudança. Pouco tempo depois da morte de Sigismundo, ele aquiesceu e assinou um tratado de aliança com Murad, em troca de um tributo de dez mil ducados anuais, algo convencional desde os tempos de Mircea. Agora que o problema com os otomanos estava parcialmente resolvido, a situação se complicou em seu próprio território, em 1438 estourou a revolta camponesa

18 Ou boiardo, um título nobiliárquico usado nos países eslavos para designar grandes proprietários de terra. (N. E.)

de Bobâlna. Depois que o bispo da Transilvânia, George Lépes, deixou de coletar o dízimo por anos por conta de uma desvalorização da moeda, ele tentou coletar todo o dízimo atrasado de uma só vez quando novas moedas com valor corrigido foram cunhadas. A grande maioria dos plebeus não conseguiu pagar a soma, o bispo não desistiu e aplicou uma série de penas para conseguir o dinheiro. O povo, que já estava descontente por conta da introdução de uma série de novos impostos, voltou-se para os nobres em busca dos fundos, e eles marcharam até o monte Bobâlna, e lá montaram acampamento. George se aliou a seu irmão Roland Lépes, agente do *voivode*, também reunindo suas tropas. Depois de muito derramamento de sangue e da morte de inúmeros, conseguiram subjugar os plebeus revoltados e firmar um novo acordo.

Enquanto tudo isso acontecia, Vlad II acompanhava o sultão em uma incursão pela Transilvânia. Se os habitantes da região esperavam mais misericórdia de seu novo líder, ficaram decepcionados ao serem saqueados, assassinados e terem suas casas incendiadas pelas tropas. O prefeito da cidade de Sebeş fez questão de se render diretamente a Vlad II, para que sua cidade fosse poupada e seus habitantes não fossem escravizados pelos turcos. Vlad assentiu, talvez por conta do juramento que fizera ao ser ordenado cavaleiro do dragão, que o obrigava a proteger cristãos de pagãos. Essa cidade conseguiu se safar, mas a grande maioria não. As estimativas são de que os otomanos conseguiram fazer mais de setenta mil prisioneiros só nessa incursão, além de todos os espólios.

No começo da década de 1440, talvez como resultado das políticas do papa Eugênio IV, que tentava aliar a Igreja Ortodoxa à Igreja de Roma, Vlad II mudou de lado outra vez e abandonou os turcos. O papa realizou um concílio em Florença com a presença do próprio imperador Bizantino no ano de 1439, onde se discutiu a realização de uma Cruzada em defesa de Constantinopla.

Esse período favoreceu a ascensão de um homem, que apesar de suas origens romenas, se tornaria um grande herói tanto para húngaros quanto para romenos, João Hunyadi,[19] conhecido como Cavaleiro Branco. De acordo com os relatos, ele também é de origem valáquia, e tornou-se um grande líder militar depois de passar algum tempo lutando na fronteira sul do reino da Hungria e em 1441 foi apontado como *voivode* da Transilvânia. Ainda que não tivesse uma educação clássica, como a que Vlad III estava recebendo, ele falava diversas línguas da região, assim como o italiano e um pouco de turco. Além de ser um guerreiro brutal, ele também era um comerciante apto e agia como uma espécie de banqueiro, conseguindo enriquecer às custas do imperador romano. Hunyadi conseguiu mesmo transformar seu filho Mattias, que nasceu em 1339, em rei da Hungria durante o período do Renascimento.

A vida desse homem seria entrelaçada com a de Vlad II e Vlad III por conta de sua posição de *voivode*. Ele fora escolhido pelo arquiduque austríaco Alberto II logo após a morte de Sigismundo como vice-rei e governador geral da Transilvânia para proteger a fronteira sul da Hungria. Sua posição inicial de defesa logo foi invertida e ele se viu na ofensiva. Suas táticas de usar carros fortificados, uma espécie de tanque primitivo, lhe dava grande vantagem. Até sua morte em 1456, após sucumbir à peste em Belgrado, ele foi responsável pela organização de quatro cruzadas que visavam expulsar os turcos da península balcânica e aliviar Constantinopla. A luta contra os otomanos o levou a conhecer Vlad II em 1441. Hunyadi foi ao encontro de Dracul para garantir que este seria leal ao lado cristão, contudo Vlad II ainda vacilava entre os lados, pois sabia da vantagem estratégica que os otomanos tinham por estarem instalados ao longo do curso do Danúbio. A desconfiança de Vlad também se estendia

19 Em húngaro Hunyadi János, ou também chamado de João Corvino. (N. E.)

a Hunyadi pelo jogo político que ele jogava com Dan II, outro pretendente ao trono da Valáquia, então ele decidiu se manter neutro, mesmo quando tropas turcas invadiram a Transilvânia.

O sultão ficou cada vez mais desconfiado dele, temendo que fosse um agente duplo, então, convocou-o a ir para Galípoli com Vlad III e Radu, mas foi preso assim que entrou na cidade, seus dois filhos foram levados para as montanhas de Eğrigöz, hoje na Turquia, como reféns. Vlad II foi levado para a capital do Império Otomano, Adrianópolis (atual Edirne), onde ficou por quase um ano à mercê do sultão. Enquanto isso, Mircea, seu filho mais velho, governava a Valáquia. Depois de negociar um novo acordo com o sultão, pagando novamente os típicos dez mil ducados anuais, ele deixou os meninos como garantia. Ainda que o período que passaram em cárcere tenha sido relativamente privilegiado, não deve ter sido fácil.

João Hunyadi, Museu Nacional da Hungria.

Drácula e Radu, o primeiro com cerca de onze ou doze anos e o segundo com apenas sete anos de idade, passaram os próximos anos de suas vidas com os turcos, imersos em uma cultura completamente diferente da sua, uma religião que lhes era estranha, uma língua que não conheciam. Nesse período, Vlad estudou lógica, o Corão e a língua turca, assim como continuaram aprendendo montaria e a arte da guerra. relatos também dizem que ele passou parte desse tempo na corte de Constantinopla, cidade que cairia sob jugo dos otomanos em 1453, na época sob o domínio de Constantino XI Paleólogo.

Vlad resistia a seus captores, ao passo que Radu aquiescia. O sofrimento endureceu Vlad, e não é difícil de acreditar que a experiência, vendo a crueldade com que seus captores torturavam seus prisioneiros, tenha despertado nele algo de sádico; o cronista Laônico Calcondilas conta que a beleza de Radu era tamanha — não é à toa que era chamado de Radu, o Belo — que ele teve de resistir aos avanços do próprio sultão. Laônico relata que, para defender sua honra do futuro sultão embebedado, ele se protegeu com uma espada, ferindo-o, temendo por sua vida ele passou a noite inteira escondido em uma árvore, a história ainda diz que, por ser fraco, ele acabou sucumbindo aos encantos sexuais do sultão Mehmed II, recebendo em retorno favores. Os dois meninos só foram libertos muitos anos depois, Vlad ficou seis anos preso e só voltou para casa em 1448; a situação de Radu foi ainda pior, ficou lá até 1462. O bom tratamento que tiveram se deve aos propósitos que o sultão tinha em fazer reféns: não eram meramente uma garantia, essa instituição também funcionava para instilar uma certa mentalidade, criar príncipes que no futuro fossem leais ao império Otomano, sem mesmo terem que se converter ao islã. Radu é um ótimo exemplo disso, já convertido ao islã, serviu aos otomanos depois de ser liberado, chegando a ser eleito *voivode* com o apoio dos turcos.

Em 1447, Hunyadi fez uma segunda incursão na Valáquia, conseguindo derrotar Vlad II e seu filho Mircea. Mircea foi imediatamente capturado e teve seus olhos queimados por um ferro quente, para depois ser enterrado vivo. Dracul, que conseguira fugir, também foi subsequentemente capturado e assassinado. Com o pai e o irmão mais velho mortos — ainda que Vlad, o Monge ainda estivesse vivo, mas sem interesse pelo trono —, o caminho estava aberto para o recém libertado Vlad III.

III.

Ascenção ao poder

Drácula soube da morte de seu pai pelo sultão Murad II só no final de 1447, nosso príncipe foi feito oficial do exército otomano, que também deixava seu apoio subentendido sobre a reconquista do trono de seu pai, mas isso precisaria esperar por um momento politicamente favorável.

Mas isso tudo diz muito sobre a política em grande escala, e não sobre a vida pessoal de Drácula, então, talvez seja interessante contar uma lenda que circulava na época. A história foi recontada pelas gerações de descendentes de um *boyar* chamado Cazan, ela narra que, ao fugir de Târgoviște, Vlad II entregou seu colar com a insígnia do dragão e a espada ofertada pelo imperador Sigismundo, em virtude de sua ordenação na ordem do dragão, ao *boyar*. Cazan então cavalgou dia e noite até chegar a Adrianópolis cinco dias depois e entregou as relíquias a Drácula, contando-lhe também sobre o destino de seu pai e de seu irmão. Vlad então teria jurado que não descansaria até que matasse o assassino de seu pai com as próprias mãos. Apesar de interessante, a lenda não se sustenta, pois podemos ver traços de ficção nela: o cavaleiro que cavalgou por cinco dias e noites seguidas, as relíquias sendo entregues, e mesmo a jura de vingança, que, apesar de ser feita num ermo, ficou conhecida por todos; o que faz lembrar particularmente a história de Aníbal Barca, que foi obrigado por seu pai, Amílcar Barca, a odiar e destruir Roma. Ainda que muito provavelmente não passe de uma ficção, a história acaba nos informando muito sobre a personalidade resoluta de Vlad Drácula.

E logo uma oportunidade se apresentaria: Hunyadi apontara Vladislav II, primo de segundo grau de Drácula, e o homem creditado pela morte de Vlad II, como *voivode* da Valáquia e que agora buscava fortalecer a ofensiva contra os otomanos ao longo do Danúbio. Hunyadi cruzou o Danúbio em direção à Sérvia em setembro de 1448, entrando em território dominado pelos turcos, lá ele buscaria firmar uma aliança com o líder do exército da Albânia, Skanderbeg, que fora companheiro de cativeiro de Drácula e renegado pelos outros turcos. O nome original de Skanderbeg era Jorge Castriota, ele recebeu do sultão o título de Iskander, turco para Alexandre, em homenagem ao general macedônico Alexandre, o Grande. O sultão ainda adicionou outro título, o de *bey* (ou begue), que significa capitão. Com o tempo, o nome Iskander Bey foi encurtado e tornou-se Skanderbeg.

Retrato de Skanderbeg por Cristofano dell'Altissimo,1552.

Quando o exército cristão de Hunyadi avançou no platô sérvio conhecido como Kosovo Polje, isso foi interceptado por espiões turcos, que imediatamente informaram ao sultão a posição das tropas inimigas, os cristãos foram massacrados naquela que ficou conhecida como a Segunda Batalha do Campo dos Pássaros Negros. As tropas só foram salvas da ruína completa por conta do regimento de Skanderbeg que vinha na retaguarda, e quando ele tentou fugir a pé, foi capturado por Jorge Branković, que guardava rancor especial por ele depois que teve saqueada sua cidade — que a propósito se tornara um grande centro intelectual na sérvia depois que Branković adquiriu uma grande biblioteca de manuscritos gregos, latinos, sérvios e eslavônicos — durante a passagem dos cruzados. Hunyadi também foi capturado e preso por algum tempo na fortaleza sérvia de Smederevo e só foi liberado depois de prometer negociar um casamento entre seu filho Mattias, futuro rei da Hungria, e Elizabeth de Celje, filha de Branković.

Depois de Hunyadi sofrer essa humilhação, Drácula começou a se preparar para retomar o trono da Valáquia. Com o apoio da cavalaria otomana e um regimento emprestado pelo pashá Mustafa Hassan,[20] Drácula conseguiu derrubar Vladislav II em um brilhante e veloz golpe de estado. O vice-governador da Transilvânia convocou Vlad para uma reunião, na qual ele deveria dar explicações sobre suas ações. O impetuoso jovem de dezessete anos respondeu que não poderia comparecer à reunião, pois aquilo deixaria os turcos com suspeitas, e eles logo o assassinariam. É claro que ele estava tergiversando, mas vimos que qualquer passo em falso com os turcos poderia ser mortal. Ele também disse que não sabia do paradeiro de Hunyadi, mas que imaginava que ele morrera em batalha, e, como todo

20 Paxá ou Pashá é a denominação dada entre os turcos a generais e governadores dignatários de províncias do Império Otomano.(N. E.)

cuidado é pouco, acrescentou que se ele retornasse a Transilvânia, se esforçaria para estabelecer uma boa relação com o governador.

Sua posição era extremamente delicada, ao mesmo tempo que precisava do apoio dos turcos para manter sua posição, essa mesma relação o impedia de negociar com os húngaros, pois poderia ser tido como um agente duplo, justamente o que ocorreu com seu pai e o fez passar anos como prisioneiro em uma terra estrangeira. A situação se complicou mais ainda quando Murad II se recusou a perseguir as tropas em retirada no Kosovo, preferindo esperar vários dias para enterrar seus homens. A decisão de seu protetor acabou o deixando vulnerável e Vladislav II — com apoio de Petru II, príncipe da Moldávia —, observando ali tanto uma vulnerabilidade quanto uma oportunidade, arregimentou tropas, cruzou o Danúbio e enfrentou as tropas de Vlad III. Perto do Natal o golpe fora revertido e Drácula foi obrigado a fugir — depois de reinar por apenas dois meses —, buscando refúgio mais uma vez em Adrianópolis, para logo depois partir para a Moldávia.

IV.

Exílio e segundo reinado

Temos poucas informações sobre os próximos sete anos de sua vida, sabemos, de fato, que Drácula primeiro foi para Adrianópolis, na Anatólia, provavelmente lamber as feridas e se reunir com os turcos para saber quais seriam seus próximos passos, logo depois disso, ele partiu para a Moldávia, sob o governo de Bogdan II. Vlad III tinha se casado com uma das irmãs de Bogdan, e a Moldávia representava um porto seguro para o nosso príncipe, e o contrário também era verdadeiro, pois alguns anos depois foi a vez de Bogdan buscar asilo na corte de Drácula em Târgovişte, mas estamos nos adiantando. Vlad viveu na cidade de Suceava de dezembro de 1449 até outubro de 1451. Naquela corte ele teve a oportunidade de dar continuidade a seus estudos, que foram interrompidos por seu cativeiro, e ele não estava só, pois era acompanhado por seu primo Estefano, que viria a ser conhecido como Estefano, o Grande, com quem estudara quando criança. Os dois chegaram a lutar por Bogdan contra a invasão do exército Polonês em junho de 1450.

Selo da Moldávia com Bogdan II em sua estampa.

Quando Petru Aaron assassinou seu irmão Bogdan II, Drácula e Estefano fugiram para a Transilvânia em busca de segurança pelo passo Borgo, mesmo local que Jonathan Harker atravessa para chegar ao castelo do conde Drácula no romance de Bram Stoker. Infelizmente esse caminho os colocou sob o jugo do Cavaleiro Branco, João Hunyadi. Depois de suas derrotas e humilhações, Hunyadi perdera seus títulos de vice-rei da Hungria e governador da Transilvânia, mas ainda assim ele detinha grande poder militar, e não era alguém a ser menosprezado, ainda mais quando se buscava asilo em um território por ele controlado. Vlad e Estefano, então, tomaram muito cuidado ao atravessar este território, evitando cidades controladas por seu inimigo. Drácula pretendia retomar Sighişoara e usar a cidade como seu quartel general até se reestruturar e finalmente reconquistar seu trono. Depois de um embate indireto com Hunyadi talvez ele tenha voltado para Moldávia, ou continuado na Transilvânia escondido por amigos. Contudo, por melhor que fossem seus amigos, Vladislav era implacável. Assim que Vladislav descobriu o paradeiro de Vlad, ordenou ao vice-governador que contratasse um assassino e preparasse uma emboscada para seu primo, que conseguiu escapar.

Mas a relação entre o Cavaleiro Branco e Vladislav começou a se arrefecer, uma das causas pode ter sido a delegação enviada por Vladislav para parabenizar o sultão Mehmed II, o conquistador, em 1451, assim que ele ascendeu ao trono. Hunyadi, por outro lado, tinha informações privilegiadas de Constantinopla e sabia que a cidade logo seria atacada, então todas as forças aliadas precisariam ser reunidas para garantir sua sobrevivência. Foi quando Hunyadi se lembrou do jovem príncipe que fora feito de refém por anos e convivera com Mehmed, provavelmente sabendo de suas estratégias, e, além disso, tinha um irmão do outro lado do campo de batalha. Para Vlad era um acordo difícil de ser engolido, mas se sua aproximação com Hunyadi significasse o afastamento deste de Vladislav, ele estaria um passo mais próximo do trono. Eles se encontraram no palácio de Hunyadi para discutir e firmar um acordo. O príncipe acabou ganhando uma posição no exército do Cavaleiro e um lugar em sua corte. Neste mesmo período ele presenciou a coroação de Ladislas, o Póstumo, como rei da Hungria, o que era sinal de prestígio, pois a coroa era um prelúdio à função de imperador.

A aliança entre Vlad e Hunyadi poderia até ser inesperada, mas não era despropositada. Mehmed era um homem cruel e obcecado com a tomada de Constantinopla. Sua sede pelo poder era tamanha que, durante a sua coroação, seu irmão mais novo estava sendo assassinado a seu mando, a fim de que não tivesse concorrentes ao trono. A única esperança do imperador Constantino XI Paleólogo Dragases estava no Cavaleiro Branco. Mehmed lançou sua ofensiva contra Constantinopla. O cerco começou no dia 6 de abril e só terminou com a queda da cidade em 29 de maio de 1453. Nesse período, toda a cidade esperava pela chegada de Hunyadi, o Cavaleiro Branco, contudo seus emissários abandonaram a cidade antes do cerco começar; o guerreiro sabia que aquela era uma causa perdida e agora deveria se concentrar em defender seu próprio território. A capital otomana foi transferida para a cidade, que passou então a se chamar Istambul, e Mehmed chegou mesmo a adotar o tradicional título de César, dado aos imperadores romanos.[21] Tudo isso com apenas 21 anos, o epíteto de conquistador foi realmente merecido.

A sede de conquista de Mehmed era insaciável, alguns anos depois, em 1456 ele sitiou Belgrado. A cidade não tinha mais do que cinco ou seis mil homens capazes de lutar. A queda de Belgrado seria um tremendo desastre para Hunyadi, se a cidade fosse invadida, os otomanos estariam na porta da Hungria e do Sacro-Império, tendo caminho livre para Viena, por isso, a

21 *Qayser-i Rûm* (قيصرِ روم), literalmente "César de Roma".

proteção da cidade era imprescindível; contudo não havia homens o suficiente, Mehmed arregimentara mais de 90 mil soldados em Adrianópolis, com uma frota de, pelo menos, 60 navios. A salvação veio na forma de um mirrado e velho frade franciscano chamado João Capistrano, conhecido como "o Soldado Santo" e posteriormente canonizado. Capistrano saiu pregando e oferecendo indulgência aos pecados de quem se juntasse a sua cruzada para expulsar os turcos da Europa. Logo ele conseguiu mais de oito mil camponeses que, como não tinham armas, levavam suas enxadas, pás e martelos para a guerra, e o grupo só crescia: por volta de julho de 1456 ele e Hunyadi já tinham arregimentado algo entre quarenta e cinquenta mil soldados.

Constantino XI Paleólogo Dragases discursando aos defensores de Constantinopla sitiados por Mehmed II, gravada por Gustave Doré (1832-1883)

Os dois parceiros inusitados conseguiram penetrar as defesas que bloqueavam o acesso a Belgrado, e em 21 de julho eles conseguiram atravessar o fosso e se juntar ao grupo que protegia a fortaleza interna da cidade, com cerca de dezesseis mil homens, Mehmed, que já tinha perdido cerca de vinte e quatro mil soldados, se desesperou e ordenou aos seus soldados que acabassem com aquilo de uma vez por todas, chegando até mesmo a entrar na batalha. Entretanto, tudo que ele conseguiu, foi ser ferido na coxa, e depois disso ordenou às suas tropas que batessem em retirada. Em agosto, um surto de peste irrompeu no acampamento e fez inúmeras vítimas, entre elas o próprio Hunyadi, que estava na casa dos sessenta anos.

Enquanto tudo isso acontecia, Vlad fora incumbido por Hunyadi de proteger a província de Brasov, na Transilvânia. Sabemos pelos registros que ele deve ter chegado lá por volta do começo de julho de 1456, pois foi quando João Hunyadi enviou uma missiva dizendo que ele seria responsável por cuidar das fronteiras da região. Aproveitando a confusão do fronte ele conseguiu apoio húngaro e invadiu Valáquia em agosto, e finalmente executou sua vingança matando Vladislav II, de acordo com as lendas, em um duelo tête-à-tête, sendo então restituído em seu trono.

Aqui começa seu segundo, e mais longo, reinado. As circunstâncias, como sempre, eram incertas e ele precisava consolidar seu poder, para tal, fez uma aliança com os burgos de Brasov em setembro, dizendo que os protegeria da invasão otomana se eles concordassem em proteger a Valáquia. Várias fontes da época também relatam que, no começo de seu segundo reinado, ele executou uma série de indivíduos que pudessem trazer qualquer risco à estabilidade política desejada por ele. Ele começou assassinando todos os *boyars* ligados à morte de seu pai e de seu irmão mais velho, e, é claro, não fazia isso apenas por vingança, pois as propriedades de seus inimigos eram assimiladas às suas, o que o enriqueceu exponencialmente neste período, além de também as transferir dos nobres antigos aos seus aliados.

Essa limpeza ficou conhecida pelos requintes de crueldade com que Vlad tratava suas vítimas, que não eram simplesmente executadas, mas antes, torturadas, e o método, como o leitor já deve imaginar, era o empalamento. Seu epíteto, *Tepes*, significa justamente *O Empalador*.

Antes de empalar suas vítimas, Vlad mandava que amarrassem uma corda em cada uma das pernas dos indivíduos, e então colocava essas cordas em cavalos, para que estirassem os membros, só depois disso ele faria com que inserissem uma estaca, não muito afiada, de modo que a vítima não morresse imediatamente, no ânus ou vagina do torturado. Assim que este processo fosse realizado, os algozes poriam a estaca em pé, de modo que o próprio peso do corpo do empalado fizesse o resto do trabalho. Geralmente as vítimas ficavam agonizando por horas, ou mesmo dias, antes de morrer, e seus corpos eram deixados expostos — sangrando e eviscerados — aos elementos como um aviso. Ele também tinha mil outras técnicas para torturar suas vítimas, como: mutilar várias partes do corpo (arrancando narizes, orelhas, membros, seios etc.), oferecendo-as a cães famintos; esfolar suas peles; fervê-las vivas e, finalmente, queimá-las vivas. Esses métodos de tortura e punição não eram reservados somente aos seus inimigos políticos, Vlad punia qualquer desvio de conduta com o mesmo rigor, por exemplo, se mulheres perdessem a virgindade antes de se casar, ou traíssem seus maridos, eram empaladas com uma estaca em brasa, seus seios eram cortados e ele fazia com que seus soldados os comessem. Algumas lendas dizem que ele passava o sangue de suas vítimas em seu pão e o comia. Podemos ver aqui vários indícios das práticas canibalísticas que podem muito bem ter influenciado Bram Stoker na criação de seu vampiro.

Enquanto tudo isso acontecia, Hunyadi, mesmo morto, continuava influenciando o curso da vida de Drácula: depois de sua morte seu filho mais velho, Ladislaus Hunyadi, fora apontado como capitão-geral da Hungria, e enviou uma carta aos burgos de Brasov dizendo que Vlad havia pagado o tributo ao sultão, e, portanto, não tinha intenção de permanecer fiel a Hungria, incitando-os a apoiar outro pretendente ao trono da Valáquia, Dan III, irmão do falecido Vladislas II. O rei da Hungria ordenou que Ladislaus fosse executado em 1457, o que incitou Erzsébet Szilágyi, sua mãe, e Michael Szilágyi, seu irmão, a começarem uma rebelião contra o rei.

Uma guerra civil irrompeu no país, e Vlad aproveitou a confusão generalizada para conduzir seu primo Estefano ao trono da Moldávia, e no processo pilhava as vilas da Transilvânia, empalando vários comerciantes ao longo do caminho e executando seus métodos sanguinolentos de tortura. Isso irritou os saxões da Transilvânia — um grupo de origem germânica que se estabelecera nos Balcãs e compunha a classe dos comerciantes, eles foram particularmente prejudicados pelas políticas protecionistas de Vlad —, que permaneceram do lado do rei, e Vlad III foi obrigado a assinar um tratado de paz e comércio mútuo. Logo depois Mattias Corvinus, amigo de infância de Vlad, foi eleito rei da Hungria, e permitiu que alguns *boyars* ocupassem terrenos vagos na Transilvânia em 1458, não tardou para que Vlad os executasse, agora ele já estava em conflito com três grupos diferentes, o rei mudou de posição e passou a apoiar Dan III em sua reivindicação ao trono da Valáquia. O pretendente cometeu o erro de invadir a província em 1460, logo foi capturado e executado.

Depois disso, Vlad invadiu o sul da Transilvânia e destruiu todas as vilas ao redor de Brasov, ordenando que todos os homens e mulheres capturados fossem empalados. A paz só foi travada em julho de 1460, e, mesmo assim, Vlad invadiu as regiões de Amlaş e Făgăraş para punir os habitantes que haviam apoiado Dan III. Era evidente que, apesar dos padrões da época, Drácula estava passando dos limites, executando membros de famílias poderosas a torto e a direito, sem pensar nas consequências.

V.

Guerra contra os otomanos

No começo de 1460, o papa conclamou outra cruzada, e Mattias Corvinus recebeu quarenta mil ducados para comprar dez navios de guerra e arregimentar doze mil homens. O único que demonstrou interesse em ajudá-lo foi justamente Drácula. Nosso *voivode* tinha motivos para querer lutar contra os turcos, ele estava farto de pagar tributo ao sultão, que no final do mesmo ano enviou emissários para coletar o pagamento atrasado, a quantia já chegava aos dez mil ducados, além de quinhentos *janissaries*, jovens que seriam adicionados às tropas turcas. Drácula se recusou a pagar a quantia pedida e ainda pregou o turbante dos arautos em suas cabeças, usando como desculpa que eles não tiraram os turbantes ao cumprimentá-lo, o que eles não podiam fazer por motivos religiosos. O sultão ficou irado e começou a arregimentar tropas e enviá-las para cruzar o Danúbio. Vlad as empalava assim que atravessavam o rio. Vendo que nenhum lado sairia vencedor em um conflito, o sultão criou um plano para capturar Vlad: ele enviaria Hamza Pasha, o *bey* de Nicópolis para se encontrar com Vlad, sob o pretexto de negociar com o *voivode*. Vlad, por sua vez, descobriu esse plano e criou uma estratégia para se sobressair. Quando Hamza Pasha estava atravessando um desfiladeiro com sua infantaria de aproximadamente mil homens mais a cavalaria, foi surpreendido por Vlad e suas tropas, os turcos foram mortos e empalados, Hamza ocupou o lugar de honra na estaca mais alta.

Depois disso, ele e seus homens atravessaram o Danúbio e seguiram atacando a Bulgária. Como sabia falar turco por conta do tempo que passara refém, Drácula conseguiu se disfarçar entre as tropas inimigas e penetrar em uma fortaleza otomana, quando o guarda abriu os portões Vlad e suas tropas atacaram imediatamente. Em uma carta a Mattias Corvinus, ele descreve como assassinou camponeses, homens, mulheres, jovens e velhos, que moravam em Oblucitza e Novoselo, informa que mataram 23.884 turcos e acrescenta "isso sem contar aqueles que matamos incendiando suas casas e que nossos soldados decapitaram."

O sultão enviou mais de cento e cinquenta mil homens — algumas estimativas chegam ao incrível número de trezentos mil soldados, das *janisseries*, ou seja, jovens escravizados que eram vistos como descartáveis e poderiam mesmo partir em uma missão suicida para escapar da escravidão —, equipados com 120 canhões e mais de 150 barcos, para Brăila, único porto valáquio ao longo do Danúbio. Como Mehmed estava ocupado com problemas em Corinto, acabou delegando a tarefa ao seu grão-vizir, Mahmud; além de também enviar Radu, irmão de Vlad, que ficou encarregado de liderar a cavalaria com quatro mil cavaleiros. Se vendo em menor número, Drácula resolveu a situação utilizando a estratégia da terra-arrasada e bateu em retirada para Târgoviște.

As forças do sultão, apesar de toda perícia militar do *voivode*, eram esmagadoras. Vlad, então, buscou apoio em Mattias, mas não recebeu nenhum, então foi obrigado a convocar crianças com mais de doze anos, e escravos ciganos. Estima-se que ele tenha conseguido levantar trinta mil soldados, se é que podemos chamá-los de soldados. Ainda que estivessem bem armados, diferentemente do exército de camponeses de Capistrano, eles não tinham a artilharia pesada dos turcos.

Apesar de tudo, Vlad conseguiu matar cerca de trezentos soldados assim que o sultão desembarcou em Vidin, e continuou aplicando a estratégia da terra-arrasada, envenenando poços e evacuando os moradores e animais da região, para que os turcos não tivessem fonte de trabalho e alimento. Outra estratégia que ele empregou foi enviar indivíduos infectados pela peste bubônica para o meio do exército inimigo, o que acabou funcionando, ainda que em pequena escala, pois mesmo com todos os esforços de Vlad o exército otomano continuava avançando em direção ao castelo de Drácula, em Târgoviște. É dito que Vlad Drácula e seus 24 mil soldados se refugiaram em uma montanha antes da chegada dos turcos, quando Vlad percebeu que não tinha saída senão a inanição de suas tropas ou a captura, pôs em ação mais um de seus estratagemas: se disfarçou e entrou no acampamento inimigo, conversando em turco com os soldados descobriu a localização da tenda do sultão e a informação de que seus homens foram ordenados a ficarem em suas tendas durante a noite, para evitar pânico e algazarra. Com essas informações em mãos, ele planejou uma futura incursão para assassinar Mehmed II.

Vlad, além de seus homens, usou alguns dos turcos capturados para penetrar o acampamento otomano pela segunda vez. O plano era criar um pandemônio no acampamento, como distração para poder finalmente matar o sultão. A estimativa é de que ele tenha conseguido matar quinze mil dos turcos otomanos, tendo perdido apenas cinco mil soldados. E o assassinato do sultão teria dado certo, não tivessem entrado na tenda errada e encontrado os grão-vizires. No raiar do dia, Vlad conseguiu bater em retirada com o restante de suas tropas, sem que os inimigos os seguissem. Os relatos dizem que o sultão fugiu do acampamento e não teria parado de correr se não o segurassem. Mas isso não os deteve, continuaram marchando em direção à capital, encontrando pelo caminho os restos das tropas de Hamza Pasha — e ele mesmo — com os cadáveres ainda empalados. Depois de dominar o castelo e não encontrar mais resistência, Mehmed decidiu deixar uma guarnição, comandada por Radu. O irmão de Drácula se estabeleceu, então, como o líder da Valáquia.

VI.
Prisão e morte

Além das informações concretas sobre a prisão de Drácula, temos uma lenda sobre como seu irmão auxiliou em sua prisão. Sabendo do esconderijo de seu irmão, Radu acampou suas tropas em um monte com visão para o castelo de Vlad III. Apontaram os canhões e morteiros em direção ao castelo e começaram a atirar, no entanto, com pouco sucesso, pois suas armas eram de pequeno calibre, dessa forma, a investida foi adiada para o dia seguinte. Um dos parentes que fora capturado, ainda fiel a Vlad, resolveu avisá-lo do perigo iminente se continuasse na fortaleza. Escapulindo na calada da noite, atirou uma flecha em uma das janelas abertas com uma mensagem alertando Drácula do perigo. A flecha acertou uma vela e a apagou, logo depois a vela foi acesa por uma das concubinas de Vlad, que logo o avisou e disse que "preferiria apodrecer no rio Arge a ser capturada pelos turcos." Então ela se jogou de uma das janelas, caindo no rio.

Cercado por inimigos com números muito maiores, tudo que restava a Drácula era fugir, e assim o fez com o auxílio de alguns camponeses que ainda o apoiavam. Depois de escapar, Drácula reuniu o restante de suas tropas para aliviar a cidade de Chilia que estava sendo atacada por Estefano III da Moldávia, alguém que devia sua ascensão ao trono, ao menos em partes, a Vlad. Suas tropas conseguiram ferir Estefano e aliviar a cidade. Drácula bateu em retirada para a Hungria, onde deveria se encontrar com Mattias, que até então fora seu aliado, mas subitamente havia se virado contra ele, Vlad foi capturado em uma emboscada preparada por seu antigo amigo logo que chegou à Valáquia. Não sabemos ao certo porque ele traiu seu aliado de tanto tempo, alguns acreditam que ele queria uma trégua com os otomanos, tendo esperanças de se tornar imperador. De todo modo, a justificativa dada para a prisão de Drácula foi que ele estava mancomunado com os turcos, algo que é completamente irreal, mas com a área abandonada aos turcos, sem que houvesse novas cruzadas, Mattias poderia dedicar seu tempo tentando se tornar imperador, cargo que nunca atingiu, apesar de ser coroado em 1664 como rei da Hungria.

Drácula então foi conduzido até a fortaleza de Oratea, onde ficou por algum tempo até ser transferido para Visegrád e, ao que tudo indica, ele ficou preso lá de 1462 até 1466. Os documentos do período são inexistentes e temos que nos apoiar em relatos e nos acontecimentos posteriores para podermos conjecturar o que aconteceu durante o cárcere de Vlad. Sabemos que ele ficou preso por quase quinze anos no total, só sendo liberto em 1475. Algumas histórias relatam que ele gradualmente voltou a cair nas graças de Mattias, recebendo visitas de Ilona Szilágyi, e depois de se converter ao cristianismo, o rei permitiu que se casassem. Logo depois de receberem esta autorização, Vlad foi liberto, o que leva muitos a pensarem que sua libertação também estava, de certo modo, ligada à sua conversão. Mas na verdade a história do casamento pode revelar algo muito diferente: dificilmente um monarca permitiria que um prisioneiro tão cruel e notável se casasse com uma de suas primas, logo, também podemos supor que assim que foi retirado do olhar público, Drácula, na verdade, foi submetido a uma prisão domiciliar, com diversos benefícios e regalias. Para corroborar essa hipótese, seu nome não está na lista de prisioneiros da torre de Salomão, o equivalente da época a uma prisão de segurança máxima.

Desse período também nos chegaram algumas anedotas sobre seu comportamento, uma delas é do embaixador russo Fedor Kuritsyn. Ele conta que mesmo preso, Drácula não conseguia abandonar o hábito de empalar, e para satisfazer o seu vício, ele capturava ratos ou pedia que lhe trouxessem passarinhos a fim de os empalar. O outro relato é de uma carta de Gabriele Rangoni, bispo de Erlau, ao papa Sisto IV. A carta dizia "Não conseguindo abandonar seus velhos hábitos, ele captura ratos e os enfia em pedacinhos de madeira, assim como fazia com homens.

Além de permitir que Drácula se casasse com sua prima, Mattias também voltou a reconhecê-lo como príncipe por direito da Valáquia, contudo não ofereceu apoio militar para que ele reconquistasse seu trono, que agora era ocupado por Basarab Laiotă, apontado por Mehmed II depois da morte de Radu. Vlad e Ilona logo se mudaram para uma casa em Pest, e tiveram dois filhos, Vlad Tepelus e Mircea. Vlad Tepelus se tornou Vlad IV, mais um reclamante ao trono da Valáquia, mas que nunca teve sucesso.

Contudo a vida no seio familiar nunca fora o forte de Vlad, ele queria reconquistar seu trono, e dentro de pouco tempo começou os preparativos para isso com Estefano V. Eles planejavam uma união de tropas da Transilvânia, Moldávia, Valáquia e da Hungria para reconquistar o trono de Basarab Laiotă. Assim que o exército de Drácula chegou, as tropas de Basarab fugiram, sem resistência alguma, então Estefano Báthory concedeu o trono a Vlad e voltou para a Transilvânia. Todavia, isso significava que nosso *voivode* não tinha mais apoio, e, quando os turcos voltaram dois meses depois, ele tinha um exército minúsculo, que de acordo com as estimativas não tinha mais do que quatro mil homens. É óbvio que ele foi derrotado e acabou morrendo no final de 1476 ou no começo de 1477.

Tudo relacionado à sua morte é misterioso, e temos que nos contentar com as lendas e suas várias versões. Uma delas diz que ele morreu bravamente resistindo ao assédio dos turcos, outra que foi assassinado pelos *boyars* da Valáquia; ainda outra versão conta que foi ferido por um de seus próprios homens, em um acidente. O cronista bizantino Antonio Bonfini relata que ele foi decapitado, e sua cabeça foi enviada para Mehmed em Istambul e colocada em um pote de mel para ser preservada e usada como troféu.

Outro grande mistério é o que foi feito com seu corpo. Certas fontes dizem que Basarab o enterrou no monastério de Comana, que fora fundado por Drácula. Em 1931, o monastério foi pesquisado por arqueólogos e um caixão contendo um esqueleto com fragmentos de vestes feitas de seda, assim como retratos de Drácula, foram encontrados. No caixão também achou-se um anel parecido com o usado pelos membros da Ordem do Dragão, bem como uma coroa com gemas turquesa. Todos os artefatos encontrados foram levados para o museu de Bucareste, mas depois desapareceram, aumentando ainda mais o mistério que cerca o destino do corpo de Drácula, tão misterioso quanto a maior parte de sua vida.

VII.
Legado de Vlad

Vlad III deixou seu nome registrado na história, não há sombra de dúvidas disso. Sua vida e seus atos, por mais cruéis que pareçam para nós são um reflexo de seu tempo. Ele ficou conhecido por todas as camadas da população como um líder sem escrúpulos, que fazia de tudo para manter o poder, mesmo que isso o levasse, com seus subordinados, à ruína, contudo, na longa marcha da história ele é apenas mais um desses líderes: Júlio César foi tão cruel quanto ele; Napoleão alcançou notoriedade esmagando revoltas populares e silenciando protestos. O que torna Drácula tão especial — ou melhor, tão estranho — é o prazer que ele parecia obter das torturas realizadas. E talvez ele tivesse sido esquecido, não fosse por um autor irlandês tropeçar em seu nome ao consultar livros de história, unindo elementos de sua biografia com a tradição literária do romance gótico e do vampirismo, que vinha se formando na Europa, assim criando algo inédito, algo que permeia nossa cultura até hoje:

Conde Drácula

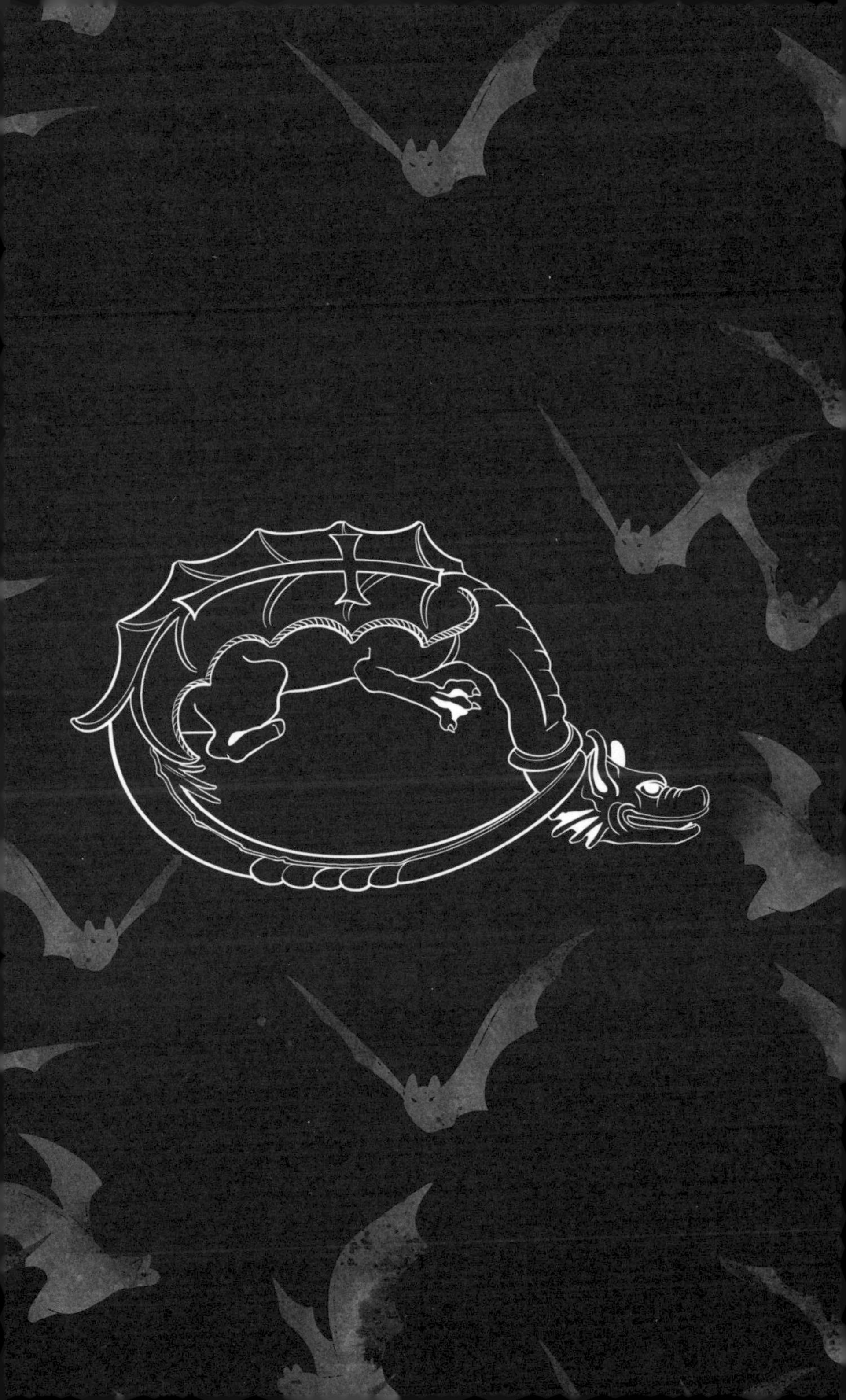

Bibliografia

BLEDSAW, R. L. *No Blood in the Water: The Legal and Gender Conspiracies Against Countess Elizabeth Bathory in Historical Context*. Illinois State University, 2014.

ČACHTICÝ HRAD. *History of the Čachtice Castle*. Disponível em: <https://cachtickyhrad.eu/en/historia-hradu/>. Acesso em: 13 maio 2022.

CRAFT, K. *Infamous Lady: The True Story of Countess Erzsebet Bathory*. Lexington: Kimberly Craft, 2009.

______. *The Private Letters of Countess Erzsébet Báthory*. Lexington: Kimberly Craft, 2011.

FLORESCU, R. R.; MCNALLY, R. T. *Dracula, Prince of Many Faces: His Life and his Times*. Boston: Back Bay Books, 1989.

JENKINS, Mark. *Vampire forensics: uncovering the origins of an enduring legend*. National Geographic Books, 2010.

PENROSE, V. *The Bloody Countess*. Translated by Alexander Trocchi. London: Colder and Boyors, 1970.

THORNE, T. *Countess Dracula: The Life and Times of Elisabeth Bathory*. London: Bloomberg Press, 1997.

JENKINS, M. *Vampire forensics: uncovering the origins of an enduring legend*. National Geographic Books, 2010.

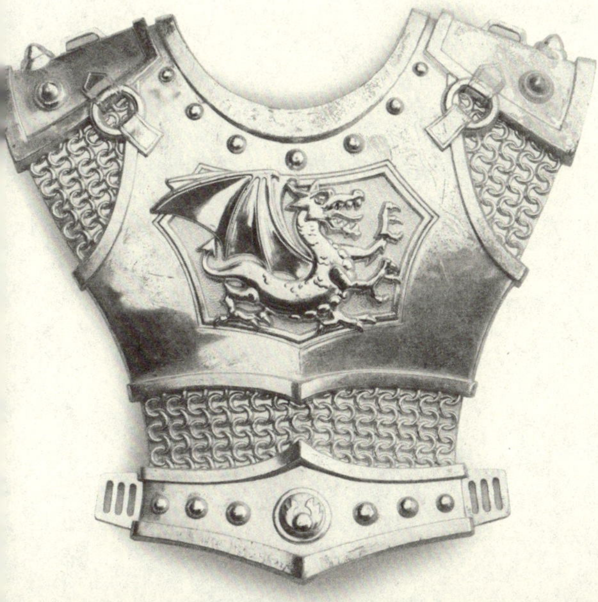

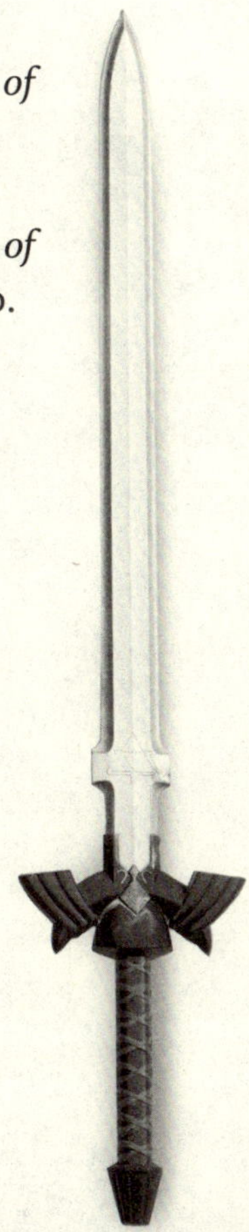

INFORMAÇÕES SOBRE NOSSAS PUBLICAÇÕES
E NOSSOS ÚLTIMOS LANÇAMENTOS

editorapandorga.com.br

/editorapandorga

@pandorgaeditora

@editorapandorga

PandorgA